— 書き下ろし長編官能小説 —

艶《なま》めき町内会

河里一伸

竹書房ラブロマン文庫

目次

この作品は、竹書房ラブロマン文庫のために
書き下ろされたものです。

プロローグ

十月に入り、G県南東部のT市では朝晩に涼しさを感じるようになってきた。だが、昼間は衣替《ころもが》えなど早い、と言わんばかりの暑い日がまだある。

そんな陽射しが降り注《そそ》ぐ中、T市B町に住む内山大貴《うちやまだいき》は、午後になって母親の内山美冬《みふゆ》に半ば強引に連れ出され、地区のやや外れにあるB町地域センター前へとやって来ていた。

T市内に何ヶ所か設けられている地域センターは、市民の文化系サークルはもちろん市主催の小規模イベントや講演会、といった用途でも使われている。近所にあるB町地域センターの一階には、児童向けの図書室を兼ねた児童室があり、大貴も幼少時はよく本を読みに来ていた。もっとも、児童書を卒業した頃から現在に至るまで、すっかり足が遠のいていたのだが。

「ここに来るのも、随分と久しぶりだなぁ……」

「大貴、そんなところでボーッと立ってないで、早くこっちにいらっしゃい」

ついつい感慨に耽《ふけ》っていた大貴は、玄関前まで行っていた美冬に呼ばれて我に返り、急いで彼女の元へと向かった。

そうして中に入るとロビーがあって、そのすぐ左側に受付窓口と事務室がある。

美冬が、窓口に「こんにちは」と声をかけると、すぐにやや小柄で髪を短めのポニーテールにしたスーツ姿の若い女性が、顔を上げて席を立ってこちらにやって来た。

「美冬おばさん、こんにちは。今日は町内会の……って、大ちゃん!?」

女性が大貴を見るなり、目を大きく見開いて素《す》っ頓狂《とんきょう》な声をあげる。

「あ、彩香《あやか》姉ちゃん!?」

大貴のほうも驚きのあまり、ロビーに響き渡るような大声を出していた。

瀬戸《せと》彩香は大貴より三歳上で、近所に住んでいることもあって、生まれたときから姉弟のように育ってきた幼馴染みである。もっとも、彼女が中学に進んだ頃から生活リズムが合わなくなって、ここ十年あまりは話すどころか顔を合わせることすらほとんどなかったのだが。

そんな彼女が、まさか地域センターにいるとは、まったく思いもよらなかったことである。しかも、事務室内にいるということは、ここで働いているので間違いあるまい。その事実をまるで知らなかっただけに、驚きを禁じ得ない。

「彩香ちゃん、大学を出たあとT市の公務員になったのよ。それで、異動になって今年の四月からここで働いているの」

「ええっ？　そ、そうだったの？　母さん、何も教えてくれなかったじゃん」

母のあっけらかんとした説明に、大貴は思わず頰《ほほ》をふくらませて抗議していた。

「美冬おばさん、あたしが市役所の職員になったことを、本当に大ちゃんに話していなかったんですね？」

こちらのリアクションを見て、彩香が首を傾《かし》げながら美冬に言う。

「ええ。だって、彩香ちゃんがわたしに『言わないで』って言ったんじゃない？　それに、どうせなら二人をまとめて驚かせようと思ってね。ふふっ、いい反応を見せてもらったわ」

と、母が悪戯《いたずら》っぽい笑みを浮かべて応じた。

どうやら、大貴も彩香も彼女の企《たくら》みにまんまとしてやられたようである。

しかし、この幼馴染みは何故T市役所の職員になったことまで、大貴に黙っているよう母に求めたのだろうか？

大貴がそんな疑問を抱いている間に、彩香はさらに美冬に話しかけていた。

「もう、おばさんってば……それで、どうして今日は大ちゃんを連れてきたんですか？」

「ああ、ほら、白須《しらす》さんも雨宮《あまみや》さんもパソコンの作業が苦手だっていうから、大貴に手伝ってもらおうと思って。この子、仕事でパソコンを使っているし、会社を辞めてフリーになって時間もありそうだから、ちょうどいいと思って」

（フリーだからって、別に暇なわけじゃないよ。まぁ、今は本当に時間があったんだけど）

母の幼馴染みへの返答を聞きながら、大貴は内心で肩をすくめていた。

大貴は東京の工業大学を卒業後、都内の大手システム開発会社に就職してシステムエンジニアとして働いていた。しかし、集団での作業にストレスを感じ続けたため、今年の六月末で退職して実家に戻り、個人で仕事を請《う》けることにしたのである。

ところが、九月半ばに一つ大きめの仕事を終えたものの、次がなかなか見つからず、フリーの厳しさと難しさを痛感する日々を過ごしていた。

すると昨日、母から「あんた、パソコンに詳しいから町内会を手伝いなさい」と言われたのである。

B町の町内会は、先々月までの十期二十年間に亘《わた》って、会長と二人いる副会長の片方がまったく変わることなく、同じ人物が務めていた。副会長の一人と、書記や会計に入れ替わりはあったが、トップの二人はずっと代わらなかったのである。

もちろん、長期間ほとんど変わり映えしない体制に、批判的な声はあった。だが、他に町内会長に意欲を示す人もおらず、また行事等のマンネリ化以外に大きな問題もなかったため、美冬が副会長になった十期目の体制のまま、四月に十一期目に突入していた。

ところが八月半ば、夏祭りが終わった直後に町内会長が病気で倒れて長期入院を余儀なくされる、という事態が発生したのである。

ただ、何しろ会長は今年で七十八歳だ。たとえ退院しても、会長職への復帰はもはや絶望的だろう。

そのため、会長より二歳下で共に二十年間副会長を務めていた男性が、会長代理をすることになったが、こちらも半月ほどでリタイヤを宣言してしまった。どうやら、副会長職とは異なるプレッシャーに、あえなく押し潰されたらしい。

そこで、美冬は九月半ばに臨時の町内会総会を開き、自分を含《ふく》む役員を全面的に入れ替えることを提案した。

通常、B町の町内会長は二年に一度、西暦の偶数年の三月に選ばれ、四月から新体制が始まることになっている。だが、長年トップにいた二人が共にリタイヤしては、現在の体制を維持するのは不可能だ。

　どのみち、長期政権への批判はあったし、若い世代の町内会離れという深刻な現実もある。それならば、まだ任期が一年半もあるのだし、体制を一新して思い切って若い人に町内会を任せたほうがいいのではないか？

　この美冬の提案が受け入れられ、もともと町内会活動にも積極的で総会にも参加していた、三十四歳の専業主婦・白須結美《ゆみ》が新会長に推挙された。さらに、三十二歳の専業主婦・雨宮佳蓮《かれん》が結美の推薦で副会長に選ばれ、旧体制で最も若い四十九歳で町内会の仕事に慣れている美冬が、アドバイザーになったのである。

　結美たちの年代の女性は、子育てがあるとそちらに時間を取られて、町内会の役員をするのはなかなか難しい。だが、幸いと言うべきか結美も佳蓮も子供がいなかった。しかも専業主婦なので、町内会の仕事をするのになんら問題はない。役員の若返りという意味では、まさにうってつけの人材と言えるだろう。

　ここらへんの話は、大貴も母から聞かされていた。もっとも、自分には関係ないと思っていたので、適当に聞き流していたのだが。

　ところが、新体制がスタートするや、結美も佳蓮もパソコンをまともに使いこなせない、という思いがけない落とし穴が発覚した。

もちろん、二人ともスマートフォンは使っている。だが、パソコンに関しては佳蓮がキーボードでの文字入力が素早くできる程度で、アプリケーションの細かい操作などはからっきしだという。

T市内の町内会活動では、会報誌の作成や市への報告書作りなどパソコンでの作業が必須となる。それなのに、若い二人が揃って苦手というのは予想外の事態だ。

とはいえ、美冬も行事のことならともかく、パソコンを使った作業の大半は前会長ともう一人の副会長に任せっぱなしだったため、人に教えることなどできない。

そこで彼女は、システムエンジニアとして働く息子に、ヘルプを求めることを思いついたのだった。

「なるほど、町内会を……」

話を聞いた彩香が、やや表情を曇らせる。

(ん？　彩香姉ちゃんどうしたんだろう？　僕が町内会を手伝うことに、何か心配でもあるのかな？　それにしても、彩香姉ちゃんってこんなに小柄だったっけ？)

カウンター越しに三歳上の幼馴染みを見ながら、大貴はそんなことを思っていた。

大貴は中学時代から背が伸びて、最終的に百七十五センチになった。

しかし、彩香は最後に間近で見たときから、背丈がほとんど変わっていないように見える。今は、カウンターを挟んでいるため正確には分からないが、おそらく大貴より二十センチ近く低いだろう。

最後に近くで顔を合わせたときは、目線が同じくらいだったと記憶しているが、今ではこちらが完全に見下ろす格好になるのは間違いない。

もちろん、スーツ越しでも幼馴染みのバストが成長しているのは明らかだし、顔立ちも十年前よりはやや大人びている。だが、背が小さめなこともあって、二十四歳の大貴よりも年下だと言っても通用しそうだ。

「白須さんも雨宮さんも、もう来ているわよね？」

「あ、はい。ちょっと前に来て、研修室に行きました」

美冬の問いかけに、少し慌てた様子で彩香が応じる。

母から聞いた話によると、町内会の会合はここの研修室を使うのが慣例になっているらしい。また、そこには常設のノートパソコンと複合機があり、そのパソコンに町内会用のアカウントが作られていて、諸々の作業に必要なアプリケーションや過去データが入っているそうだ。

「大貴、早く研修室に行くわよ。二人をあんまり待たせたら、申し訳ないからね」

と、美冬が大貴の手を引っ張る。

「う、うん。それじゃあ、彩香姉ちゃん」

「あっ。えっと、頑張ってね、大ちゃん」

彩香の、いささか困惑気味の言葉を背中で聞きながら、大貴は母に連れられてホールの奥にある階段を上って、地域センター二階の研修室へと向かった。

「白須さん、雨宮さん、入るわよ」

研修室前に来ると、美冬が引き戸をノックしてそう声をかけてドアを開ける。

そうして、大貴は初対面の人たちと会うことに緊張を覚えながら、母に続いて中に足を踏み入れた。

研修室は三十畳ほどの畳敷きで、正面には大きなホワイトボードが置かれている以外、がらんとした空間が広がっていた。和室なので、研修などで使うときは状況に応じて会議テーブルや椅子を並べるか、そのまま和室として使用するか選べるらしい。

そのだだっ広い部屋の中央では、二人の女性がロータイプの長机に書類を広げて、何やら話し込んでいた。そして、美冬と大貴が研修室に入るなり、顔を上げてこちらを見る。

彼女たちを見たとき、大貴は思わず息を呑んでいた。

（二人とも、すごい美人だ……）

片方の女性は、ややウェーブのかかった背中の真ん中まで伸ばしたロングヘアで、凛々しくて少しキツそうな顔立ちをしている。

ただ、整ったルックスはもちろんだが、特に目を惹《ひ》くのは大きなバストだった。巨乳を超える「爆乳」と言うべきサイズの胸は、ややゆったりめのブラウンの長袖ポロシャツと薄手の白いカーディガンを着用していても、その存在感を失っていない。

彩香も、昔と比べて胸回りが成長していたが、目の前の女性は服の上からでも幼馴染みのサイズを上回っていることがはっきりと分かる。

ウエストラインは若干ふくよかだが、それでも爆乳の魅力を打ち消すほどではない、と言っていいだろう。

さらに、右側にスリットの入ったタイトスカートが、いっそうの色気を醸《かも》し出している気がしてならない。

もう片方の女性は、薄い化粧のせいか整った美貌の割に、かなり控えめな印象を受ける。服も、グレーの長袖ニットシャツとネイビーのロングフレアスカートと、色合い的にはいささか地味である。

「こんにちは、内山さん。隣の男の子が、例の？」

と、立ち上がった爆乳美女がキツめな表情から一転して、にこやかな笑みを浮かべて美冬に問いかけた。見た目よりも柔和な性格らしいことが、これだけでも伝わってくる。

「ええ。わたしの息子の大貴。わたしにはよく分からないけど、パソコンを使う仕事をやっているから、きっと二人の役に立つわ。ほら、あんたも挨拶」

「あっ。えっと、内山大貴です。母がいつも、お世話になっています」

母に促《うなが》されて、我に返った大貴は慌ててそう言いながら頭を下げた。

「大貴君ね？　わたしは、白須結美。聞いていると思うけど、今月から町内会長をやらせてもらっているわ。よろしく。こっちは、副会長で友達の雨宮佳蓮。彼女、ちょっと人見知りなんだけど、仲良くしてあげてちょうだい」

爆乳の新人町内会長に紹介されると、佳蓮が同じく立ち上がる。

座っているときは分からなかったが、彼女の身長は女性としてはやや高めだった。大貴よりは低いが、おそらく百七十センチ近くはあるだろう。

新人副会長は、強張《こわば》った顔で「よ、よろしくお願いします」と小声で言って、ペコリと小さく頭を下げた。結美の紹介のとおり内向的な性格だからなのか、かなり緊張している様子が伝わってくる。

（もっとも、それはこっちも一緒だけど。僕も、人付き合いがあんまり得意じゃないから、フリーになったわけだし）

何よりも、大貴は妙齢の異性との会話を苦手としていた。

特に、第二次性徴を迎えた頃から年齢の近い女子を過剰に意識するようになって、姉弟のように育った彩香とすらまともに話せなくなったのである。もちろん、彼女の場合は初恋の相手だ、ということもあったが。

また、目の前の二人は年上ではあるものの、共になかなか魅力的な美女である。そんな相手と話すのだから緊張するのも仕方があるまい、と自分に言い訳したくなる。

（う～ん……雨宮さんって、白須さんが隣にいるからオッパイが小さく見えるけど、実際はそれなりにサイズがありそうかな？）

服の上から見た限りだが、佳蓮のスタイルは身長が高めなこともあって非常にバランスがいいように思える。顔立ちもよく、水着姿などはとても見栄えがするだろうから、人見知りな性格でなければ、若い頃に芸能活動をしていてもおかしくなかったのではないだろうか？

（それに、なんと言っても白須さんのオッパイだよな……）

新人副会長から新人町内会長の大きなバストに視線を移すと、大貴は改めてそこに見入っていた。

服の上からなのではっきりしないが、ブラジャーに包まれた豊満なふくらみは、おそらくじかに見ても圧倒的な存在感に違いあるまい。

（白須さんのオッパイ、どんな形でどんな触り心地なんだろう？　あの大きさだから、揉《も》んだらきっとすごく柔らかくて……）

そうして結美の裸を想像すると、それだけで股間のモノが自然にふくらみそうになってしまう。

（はっ。ヤベッ。すぐにこういうことを考えちゃうから、僕は女の人と上手《うま》く話せないんだよ！）

自分にツッコミを入れた大貴は、脳裏に浮かんでいた妄想をどうにか振り払った。

大貴は、東京で一人暮らしをしていた頃など、ほぼ毎日最低一回は自慰をしていたくらい性欲が旺盛だった。しかし、性を過剰に意識しているからか、妙齢の美女を前にするとついつい裸などを妄想してしまう癖があった。

さらに、彩香への思いを諦めきれなかったこともあって、女性と話すこと自体を避け気味になっていたのである。

結果、恋人を作るどころか風俗店などで女遊びをする気にもならず、真性童貞のまま今日まで過ごしてきたのだった。

　エロ妄想は、自分でも悪い癖だと思っているものの、気をつけてそうそう治るものでもないため、なかなかに悩みどころと言える。

　大貴が、そんなことを考えていると、

「わたしは、スマホはそこそこ使えるけどパソコンのキーボードは苦手でね。佳蓮も、文字を打つだけならできるんだけど、アプリを使って色々編集したりってことがからっきしなのよねぇ。大貴君はパソコンに詳しいって話だし、せっかくの男手だから、当面はアプリの操作をわたしたちに教えながら、町内会の仕事全般を手伝う『庶務』って形でいいかしら？」

　と、こちらの様子など気にする素振りも見せずに、結美が畳みかけるように言ってきた。

　大貴は彼女の勢いに呑《の》まれて、あれこれ考える間もなく半ば反射的に、「えっ？　あ、は、はい」と応じてしまう。

「そう、よかった。それじゃあ、これからよろしくね」

　爆乳町内会長が、そう言って妖艶《ようえん》な笑みをこぼす。

（あっ。自分の仕事を優先したいから、町内会の役員にならないでパソコンを教える

だけにとどめてもらおうと思っていたのに、つい「はい」って言っちゃったよ）

大貴は、内心で頭を抱えていた。

とはいえ、「考えごとをしていたから、今の『はい』はやっぱりなしで」と言うのは、さすがに気が引ける。

また、予想外に魅惑的だった二人の人妻と同じところで働くことに、妄想癖があって女性が苦手な自分が耐えられるのか、という不安も正直あった。

（まぁ、仕事との両立はどうにかなるかな？　それに、この人たちと一緒に働いていれば、もしかしたら女性への苦手意識も治るかもしれないし。あと、彩香姉ちゃんが地域センターで働いているんなら、町内会の活動に参加していれば会う機会も自然に増えそうだからな）

すっかり疎遠《そえん》になっていた幼馴染みと、再び会話をするキッカケができただけでも、町内会に所属する意味はある気はする。それに加えて、自分の弱点も克服できれば、まさに一石二鳥と言えるだろう。

そう考えると、大貴の心には高揚感にも似た、なんとも言えない不思議な昂《たかぶ》りが湧き上がってくるのだった。

第一章　爆乳町内会長のパイズリ筆おろし

1

町内会の庶務をするようになってから一週間ほど経ったある日、大貴は今日もB町地域センターにやって来た。

「いらっしゃいませ。あっ、だ、大ちゃん……」

玄関に入るなり、ドアが開いたことに気付いた彩香が、事務室から受付窓口に出てくる。が、来たのが大貴だと分かると、急に視線をそらして何やら落ち着かない素振りを見せだした。

「えっと……彩香姉ちゃん、こんにちは。今日も、町内会なんだけど……結美さんと佳蓮さんは、もう来てる？」

「え、ええ。十分くらい前に来たわ。そういえば、二人のことを名前で呼ぶようになったんだ？」

と、彩香が訝《いぶか》しげな表情で問いかけてくる。

「あっ……と。そうなんだよ。その、向こうから『名前で呼んで欲しい』って言われてさ……」

彼女の刺すような視線にドギマギしながら、大貴はそう素直に答えた。

美冬もいたため、「『内山さん』では呼び方が被《かぶ》る」と、結美と佳蓮は年下の大貴を名で呼ぶことにした。その流れで、「わたしたちのことも、名前のほうで呼んで」と言われたのである。

すると、彩香が「はぁ」と小さく息をついてから、改めて口を開いた。

「前の体制から引き継いだ書類の精査、大変みたいね？」

「うん。まぁ、今は大変だけど、これが終わればかなり楽になるはずだから。それじゃ、僕はそろそろ行くね」

大貴は、そう言ってそそくさと受付を通り過ぎ、二階の研修室へと向かった。

初日こそ、親しげな様子で話しかけてくれた彩香だったが、あれ以来、特に大貴が一人で来たときは、態度がなんともよそよそしくなっていた。

それが、しばらく縁が切れていた気まずさのようなものなのか、あるいは他の理由があるのかは、超能力者でもない限り分かるはずもない。

もっとも、こちらも憧れの幼馴染みとの会話は未だに落ち着かないため、必要最低限の話だけして切り上げているのだが。

（やっぱり、三歳差っていうのが微妙で、彩香姉ちゃんが中学に上がった頃から、ずっとすれ違ってばっかりだったからなぁ）

彩香が小学生の間は、一緒に学校へ行っていた。だが、彼女が中学生になってからは、家を出る時間から学校の方向まで異なっていて、顔を合わせる機会がめっきり減ったのである。そして、大貴が中学生になったとき、彩香は入れ違いで地元の女子高に入学していた。

さらに、大貴が東京の大学に進学してアパート暮らしを始めたとき、同じく東京の大学に通っていた幼馴染みは、四年生になって授業日数が少ないからと、入れ替わるようにT市に戻ったのだ。

これほどまでにすれ違い続けたため、「せめて二歳差なら」「彩香姉ちゃんとは縁がないのではないか」と悲嘆に暮れたことも、一度や二度ではない。

そうして、十年も間隔が空いたせいで、彼女とどう接するべきなのかがさっぱり分からなくなってしまった。

　こうした事情もあるし、事務室で働いている彼女とプライベートな会話はしづらく、思うように話ができないのである。

　そんな自分の不甲斐なさを内心で嘆きながら、大貴は研修室前にやって来た。

　今、中には結美と佳蓮がいるはずだ。そう意識して、改めて緊張を覚えながら引き戸をノックして開ける。

「こんにちは、結美さん、佳蓮さん」

　と声をかけると、畳の上に書類を広げ、向かい合って作業をしていた結美と佳蓮が、こちらに目を向けた。

「あら、大貴。こんにちは」

「大貴さん……こ、こんにちは……」

　爆乳町内会長と長身の副会長が、ほぼ同時に挨拶を返してきた。こちらもそうだが、佳蓮が大貴との会話に緊張していることが、言葉の端々から伝わってくる。

　一方の結美は、今や大貴を完全に呼び捨てである。

　ただ、彼女たちに大貴は未だ緊張を覚えるのと共に、二人の服装に胸の高鳴りを禁じ得ずにいた。

結美は、畳での書類の仕分けをしやすいようにか、長袖のTシャツにジーンズという格好である。それ自体は、姉御っぽさのある彼女に合っているし、作業内容を考えれば合理的だと思うのだが、問題は服もズボンも身体のラインがはっきりと浮き出るものだ、という点だった。

何しろ、Tシャツ越しにも爆乳がしっかり存在感を強調しているし、ズボンもスリムフィットタイプなため、ふくよかなヒップから太股、さらに足首までの整ったラインがはっきり分かるのだ。

佳蓮は、逆にゆったりしたデザインで、立ち上がれば足首まで届きそうな丈《たけ》の長袖ワンピース姿である。

やや内向的な性格の彼女に似合う服装だと思うのと同時に、その格好で畳に座って書類の仕分けをしているミスマッチ感が、かえって色っぽく見えてならない。

「ふ、二人とも、随分早いですね？」

「まぁね。いつまでも書類の整理ばかりしているわけにいかないし、できれば今日中に終わらせたかったから。あ、パソコンはそこに出しておいたわよ」

と、結美が指さした先には、長テーブルが一台出されていた。テーブルの上には、小型複合機と閉じたノートパソコンが置かれており、その横には書類の束がいくつにもグループ分けされて山積みになっている。

大貴は内心の動揺を抑《おさ》えながら、靴を脱いで研修室に入った。そして、リュックを畳に置いてノートパソコンの前の座布団に座り、電源を入れてデータベースソフトを起動させる。

町内会に入った大貴が、初日から毎日のようにやっているのは、結美と佳蓮と協力して不要な書類や資料を排除し、必要なものを可能な限りデータ化して紙で残すものを最小限にする、という作業だった。

何しろ、結美たちが引き継いだ資料や書類は大サイズの段ボール四箱分にもなり、すべてに目を通すなど不可能な状況だったのである。しかも、分類の仕方も不充分で、要否の区別がつきにくかった。ここらへんは、十期二十年以上も同じ人間がトップだった弊害と言えるかもしれない。

そのため、大貴が最初に手がけたのは、書類や資料を誰にでも分かるように仕分け直して、パソコンでデータベース化する作業だった。

本当は、結美と佳蓮にパソコンの使い方を教えながらするつもりだった。だが、こういう作業を慣れない人間にやらせるのは、さすがに無謀と言わざるを得ないので、自ら入力している次第である。

とはいえ、地域センターのノートパソコンとソフトウエアを使用しているせいで、自分のパソコンで使い慣れたソフトを使うよりも、作業ペースはイマイチ上がらないのだが。

T市では、数年前に情報漏洩やウイルス感染騒動が起きた関係で、地域センターのパソコンにUSBメモリなどの外部メディアを使ったり、自宅パソコンとネットワークで繋《つな》いだりすることが禁じられていた。したがって、自宅の使い慣れたパソコンとソフトウエアでデータを作り、こちらにコピーまたは移動する、ということができないのである。

それでも、何日も使っていればある程度は指も馴染んで、作業効率も徐々に上がってくる。自宅とまったく同じというわけにはいかないが、八割程度の速度になれば大きな問題はないだろう。

「そういえば、お母さんはもう旦那さんのところに行ったの？」

「あ、はい。昨日の朝に出て、夕方に到着したって連絡が来ました」

結美の問いかけに、大貴はキーを叩く手を止めてそう応じた。

大貴の父親は、会社の都合で今年の五月から来年三月までの予定で、福岡市に単身赴任していた。ただ、彼は家事能力が非常に低く、長く一人暮らしをしていたら部屋が悲惨な状況になるのは間違いない。

それを知っているため、本当は美冬も夫について行きたかったらしい。だが、一年足らずで帰ってくることや町内会の副会長を務めている最中だったこともあって、仕方なく断念したのである。もっとも、月に一回は様子を見に行っていたのだが。

しかし、幸か不幸か任期途中で新体制になって役職から解放され、しかも大貴が庶務の形で町内会に参加することになった。結美と佳蓮だけだと、さすがにアドバイザーの役割を放り出せなかったが、息子が町内会の役員ならば連絡も取りやすく、困った事態があればすぐ相談に乗れる。

そのため、美冬は昨日、飛行機で福岡にいる夫の元へと向かったのだった。

したがって、大貴はこれからしばらく、自宅にいながら一人暮らし状態なのである。

（まぁ、ちょっと前まで一人暮らしをしていたから、別にどうってことはないんだけど……母さん、もしかしたら自分が父さんのところに行きたいから、僕を町内会に入れたのかも？）

そんなことを思いながら、大貴は作業を再開した。

（これは、こうして……こっちは、これで大丈夫だろう。ふむ、これは紙とデータがあるし署名捺印がないから、紙は破棄していいな。それじゃあ、こいつは……）

と、書類や資料を確認しつつ、データベースソフトを使って次々に整理していく。

そうして、しばらく作業に集中していたとき。

「うわぁ。やっぱり、すごく速いわねぇ」

不意に、結美の感心した声がすぐ側から聞こえてきて、大貴は我に返った。

そちらに目を向けると、いつの間にか爆乳町内会長が斜め後ろに回り込み、パソコンの画面を覗《のぞ》き見ていた。その距離は、少し顔を近づければ互いの頬がくっつきそうなほどで、鼻腔には香水の匂いがほのかに漂《ただよ》ってくる。

「うわっ。ゆ、結美さん？」

「ああ、ゴメンね、驚かせちゃった？　わたし、スマホのフリックならともかく、普通のキーボードってよく分からないから、つい感心して見入っちゃった」

驚きの声をあげた大貴に対して、彼女のほうはあっけらかんとした様子で応じた。

「こ、これくらいは、仕事でパソコンを使っていたら……」

「やっぱり？　そういえば、これってデータベースソフトって言うのよね？　なんだか難しそうだけど、こういうのってわたしみたいに機械に弱い人でも、ちゃんと使えるようになるのかしら？」

「えっと……細かい説明は省きますけど、のちのち僕がマクロを組んで、誰でも簡単に町内会用のデータを入力したり、検索したりできる形にするんで」

「そうなの？　ありがとう。楽しみだわ。ところでもう一つ、このFの番号が振られているキーのことなんだけど……」

と、結美が大貴にくっついたまま身を乗りだしてきた。

すると、彼女の大きなバストが肩に押しつけられる。

（うわっ。ブラジャーと、その向こうの柔らかい感触が、はっきり分かって……）

肩に広がった乳房の弾力と柔らかさに、大貴は頭が真っ白になるのを感じていた。

まさか、こんな形で彼女の豊満なふくらみの感触を知れるとは、思ってもみなかった事態である。おかげで、人前だというのに股間に血液が集まってきてしまう。

（ヤバイ。お、収まれ、僕のチ×ポ……）

と、どうにか気持ちを落ち着けようとしたが、肩にふくよかな胸の感触があると、なかなか難しい。

（ゆ、結美さん、いったい何を考えているんだ？　まさか、オッパイが当たっていることに気付いてないはずはない、と思うけど……これくらいは気にすることもない、と思っているのかな？）

人妻にとっては、自分の胸を男に押し当てるなど、手を握るのと大差ない行為なのだろうか？　そうだとしたら、こちらが過剰に意識しているだけということになる。

「ねえ、聞いてる？　パソコンのこのキーのこと、ちゃんと教えてちょうだい」

という結美の言葉で、大貴はようやく我に返った。

「えっ？　あっ、その……は、はい。えっと、これはですね……」

さすがに、バストの意外な柔らかさに気を取られていたとは言えず、大貴は慌てて少し前屈みになった。そうして、肩から胸の感触がなくなったのを残念に思いつつ、平静を装《よそお》って説明を始めるのだった。

2

（ど、どうしてこんなことに？）

まだ汗が乾ききっていない中、大貴はエアコンの効いたリビングルームで、L字ソファの一人掛けのところにチョコンと腰かけ、コップの冷たいお茶を飲みながら、なんとも落ち着かない気分を味わっていた。

顔を上げて視線を送った先には、胸元にプリントが入った白地のTシャツと紺のジーンズのズボンという格好の結美がいる。彼女は、L字ソファの三人掛けの真ん中に座って、同じようにコップのお茶を飲んでホッとした表情を浮かべていた。

結美もそこそこ汗ばんでおり、濡れたTシャツが肌にへばりついて、ところどころだが黒いブラジャーがうっすら透けて見えている。

そんな彼女に、ついつい見入りながら、大貴はつい先ほどまでの出来事を思い返していた。

今日も、大貴は臨時で地域センターに行き、結美と佳蓮と共に町内会の資料作成を行なっていた。十五時頃には、前任者から引き継いだ書類や資料の整理は終わったが、それで終わりではなかった。結美が同じB地区内の老婆から草取りを頼まれていたとのことで、夫の晩ご飯の用意があるという佳蓮を先に帰し、大貴が手伝いに駆り出されたのである。

そうして、草取りを終えた帰り際に、爆乳町内会長が「冷たいお茶をご馳走するから」と、通り道にあった自宅に半ば強引に大貴を連れ込んだ次第だ。

こちらはというと、彼女の汗をかいたTシャツからの透けブラと、歩くたびに揺れるバストに目を奪われていて、断るタイミングを逸してしまったのだ。

「大貴、今日は本当にありがとうね。おかげで、すごく助かったわ」

「い、いいえ。けど、道路とか公園ならともかく、個人の家の草取りなんて、自分ででできないなら業者に依頼しろって話で」

結美の言葉に、我に返った大貴は肩をすくめて愚痴混じりに応じてから、お茶を口に含んだ。

町内会の活動は、町内の祭りなどの行事を主催したり、地域の清掃活動や治安維持活動をしたりが主なものである。その中には、道路や公園の草取りもある。

しかし、他に思いもよらない要望が会員から来ることもあった。

特に、前町内会長が本来は町内会と関係ない細かな雑用を気軽に引き受けていたせいか、結美のところにも本当なら自分の責任で行なうべきことを頼んでくる人が、意外にいるらしい。

もちろん、大半は「そのような雑用は町内会の仕事ではない」と断れば済む。

だが、今回の依頼人の中田《なかた》という老婆は、大貴も母から「クレーマー気質で要注意」と、あらかじめ注意を受けていた人物だった。電話口でにべもなく断ったら、何を言い出すか分かったものではない。最悪、市役所に突撃して新米町内会長の悪口を延々と訴えるかも、という話を聞いていれば、さすがに対応しないわけにもいくまい。

そのため、結美は一度だけ依頼を受けつつ、「自分は若輩者なので、前会長と同じようにはできない」という感じで、穏便に今後の雑用を断ることにしたのだった。

とはいえ、これはかなりの部分が本音である。町内会長になって間もない人間に、会長歴二十年のベテランと同レベルを求められても、それは無理に決まっている。

「中田さん、草取りなんかの雑用を頼むのはただの口実で、実は話し相手が欲しかっただけみたいよ。でも、わたしは前の会長と違うって分かっただろうから、これでもうこういうことはないんじゃないかしら？」

「ああ、なるほど。前の会長や副会長なら、歳が近くて色々と話題が合うから、話し相手として申し分なかったんですね？」

「そういうこと。だけど、今は会長のわたしが三十四歳、副会長の佳蓮も三十二歳、大貴なんて二十四歳だものねぇ」

大貴の反応に、新米町内会長がそう応じて苦笑いを浮かべた。

老婆にとって、結美と佳蓮は子供世代に、大貴に至っては孫世代に近いはずだ。これが本当の肉親ならば、幼少期の話などで盛り上がれるかもしれないが、同じ町内に住んでいるとはいえ赤の他人となれば、共通の話題を見つけるのも難しい。

加えて、未熟アピールもされたのだから、いくらクレーマー気質でも今後はそうそう雑用を頼めまい。

（と、それはともかく、他人の家にあがったのって、いったいいつ以来だろう？　大学時代に、友達のアパートに行ったのは別として、リビングがあるような家に限ると……中学時代に行った友達の家以来だから、ほぼ十年ぶりかな？　けど、あれも男の家だから、女の人の家となると……彩香姉ちゃんのところを除くと、初めてじゃないか？）

冷たいお茶を飲み、気持ちが落ち着いてくると、大貴の頭にそんな考えが浮かんだ。すると、改めて緊張感と居心地の悪さが込み上げてくる。

もちろん、町内会役員の一員として働いているのだし、その仕事の帰りなのだから、通り道の会長の家でお茶をご馳走になるくらい、別におかしくはないかもしれない。

しかし、大きな問題は結美の夫が今は出張で不在だ、という点だった。夫が帰ってこないということは、一つ屋根の下で夫婦でもない妙齢の男女が二人きりなのである。

しかも、結美は爆乳の持ち主で、顔立ちは少しキツそうだが実際は気さくで、人当たりのいい女性だ。思春期以降、異性との交際経験がまったくない人間にとって、この状況下で平常心を保つのは難しいと言わざるを得ない。

（どうしよう？　もうそろそろ夕飯の時間だろうし、適当においとましなきゃ。じゃないと、さすがに変な気分になっちゃうよ）

何しろ、母が九州に行って一人暮らし状態になってから、学生時代と同じように毎日のオナニーの日課を復活させたくらい、大貴の性欲は旺盛だった。

ましてや、彼女のシャツの一部からは、未だに黒いブラジャーがうっすらと透けて見えているのだ。正直、今すぐ家に帰って、このシチュエーションからのエロ妄想で一発抜きたいくらいである。

大貴が、そんな思いを抱きながらコップのお茶を飲み干したとき、

「ん～。それにしても、普段草取りなんてあんまりしないせいか、肩こりが酷くなっちゃったわぁ」

と、結美が大きく伸びをすると、ふくよかなバストが上下に揺れる。

それを目にしただけで、大貴の心臓は自然に飛び跳ねてしまった。が、あまりジロジロ見るのもさすがに気が引けて、慌てて俯《うつむ》いて視線を外す。

胸の大きな女性は、肩こりが持病のようなものだと聞いたことがある。どうやら、彼女もその一人で、草取りで症状が悪化したらしい。

「あ、あの……僕、そろそろ……」

「そうだ。大貴、せっかくだから、肩を揉んでくれない？」

帰宅を口にしようとしたこちらの言葉を遮《さえぎ》って、結美がそんなことを言った。

「はぁ？　か、肩揉み!?」

彼女の突然のリクエストに、大貴は思わず素っ頓狂な声をあげていた。

肩揉み自体は、母親や父親を相手にしたことがあるし、そのときにツボなども教えてもらっているので、大貴もそれなりに自信はある。

しかし、恋人や夫、あるいはマッサージ師ならばまだしも、一介の庶務に過ぎない若い男に肩揉みを頼むとは、いったい彼女は何を考えているのだろうか？

「だって、自分じゃ力が足りないから、いつも肩がほぐれなくてさ。夫は出張でしばらく帰ってこないし、いてももう肩なんて揉んでくれないし。明日、マッサージに行く予定だけど、今はこの辛さを一刻も早くなんとかしたいのよ」

と、首を回しながら結美が言葉を続けた。

どうやら、爆乳町内会長の肩こりは、既に我慢の限度を超えているらしい。湿布を貼るにしても、ガチガチに強張《こわば》った状態よりは、少しでもほぐしてからのほうが効果はあるだろう。

(それにしても、旦那さんがいても肩揉みをしてくれないって……夫婦仲が、あんまりよくないのかな？)

そんな疑問が、大貴の脳裏をよぎる。

「大貴、モタモタしないで早く肩を揉んでよぉ」

こちらの思考を遮るように、結美が非難するような目を向けて訴えてくる。

「……わ、分かりました」

なお躊躇《ちゅうちょ》の気持ちはあったが、彼女の言葉を受けた大貴は、そう応じて立ち上がった。

ここまで求められて、なおも拒めるほど大貴の意志は強くなかった。何より、女性のほうが肩揉みを要求しているのだから、触れてもセクハラ扱いなどされまい。肩とはいえ、堂々と異性に触れるせっかくの機会を見逃すなど、あまりに勿体《もったい》ないと言わざるを得ない。

大貴はソファの後ろに回り込んで、爆乳町内会長の背後に立った。

「じゃ、じゃあ、触りますね？」

と、緊張しながら声をかけ、両手で彼女の両肩を摑《つか》む。

(ぶ、ブラの紐が……って、そうじゃなくて、確かに肩がかなり硬いな)

触れた途端《とたん》、Tシャツの奥にあるブラジャーの紐の感触が手に伝わってきた。同時に、肩全体に鉄板が入っているような強張りも感じられる。なるほど、これだけ硬いと我慢するのも辛い、というのも分かる気がした。

しかし、硬さだけでなく体温も指から伝わってきて、大貴の胸の高鳴りが自然に増してしまう。

「……それじゃあ、揉みます」

なんとか平静を装った大貴は、そう声をかけてから肩を揉みだした。

ただ、それなりに力を加えているはずだが、彼女の強張った筋肉には指がまったく入っていかない。

「確かに、かなりコリが酷いですね。だったら……」

そう言って、大貴は首のつけ根と肩の先のちょうど中間にある「肩井《けんせい》」というツボに狙いを定めて、ゆっくりと強めに押した。

母に教えてもらったこのツボは、肩こりによく効くと言われているらしい。また、そこに集中すればブラ紐に触れる心配もない。

「んっ。あんっ、そこ、いいわぁ」

肩井を押した途端、結美が艶《なま》めかしい声をあげだした。

(結美さん、なんて声を出すんだ……それに、このアングルだとオッパイを見下ろす感じで、なんだかすごくエロインんだけど)

サイズの差だろうが、母の肩揉みをしているときは、ふくらみなど気にならなかった。だが、この町内会長ほどの大きさになると、少し見下ろすだけでTシャツを押し上げる二つのふくよかな隆起が目に飛び込んでくる。

歩いているときも、タプタプと揺れていた豊満なバストについ目を奪われていたが、見下ろすアングルで目にしたそれの存在感は、また格別と言うしかない。

ついついそんなことを思うと、自然に股間の一物《いちもつ》が体積を増し、爆乳に触りたい衝動も湧き上がってきてしまう。

（い、イカン！　結美さんは人妻だし、町内会長なんだ。馬鹿なことをしたら、母さんだけじゃなく彩香姉ちゃんにも知られちゃうぞ。僕は、肩を揉んでいるだけ。無念無想、無念無想……）

と、どうにか邪《よこしま》な思考を抑え込もうとしたものの、揉むたびに結美がいちいち「あんっ。んんっ……」と甘い声をあげるため、気になって仕方がない。

（うう、これは……声を出さないで、とは言いづらいけど、こんな声を聞いていたらこっちがムラムラして、本気で我慢できなくなりそうだ）

そんな危機感を、大貴が抱きだしたとき。

「ねえ？　大貴は今、興奮しているわよね？」

結美がこちらに目を向けて、そんなことを口にした。

「なっ……何を、いきなり？」

唐突な指摘に、大貴は思わずマッサージの手を止め、動揺を隠せないままそう応じていた。

「だって、地域センターにいたときも、それに歩いているときや草取りのときも、わたしの胸をチラチラ見ていたでしょう？　ああ、初めて会ったときからずっと見ていたわよね？　そんなに、このオッパイが気になるのかしらぁ？」

(うわー！　とっくに、視線に気付かれていたのか！)

彼女のからかうような言葉に、大貴は内心で頭を抱えていた。

こちらとしては、なるべく気付かれないようにバストをマジマジと眺めるのを避けていたのだが、十歳上の女性相手には通用しなかったらしい。ただ、実際に指摘のとおりだったので反論の余地はまったくない。

(だけど、僕がそれだけオッパイを見ているって分かっていて家に誘ったのは、いったい？)

そんな疑問を抱いていると、結美がさらに言葉を続けた。

「大貴って、女性経験がないんでしょう？　触ってみたいんなら、好きにしてもいいわよ？　わたしは、肩以外の部分を揉まれても、別に気にしないから」

予想外のことを言われて、大貴がその意味を理解するまでに、数秒の時間を要した。

（えっと、つまり……ようするに、オッパイを揉んでもいいってことだよな？　それ以外の意味って、何か考えられるか？）

と思考を巡らせてみたが、他の意味などまずあり得まい。また、胸を揉むことを許すというのは、その先の行為まで許すのとイコールだ、と言っていいだろう。

「……ゴクッ。あの、本当に、いいんですか？」

生唾《なまつば》を呑み込みながら訊《き》くと、爆乳町内会長は小さく首を縦に振ってから、なおも肩を掴んだままの大貴の手に、頭を軽く預けてきた。

その瞬間、心の中にあった理性の壁が、ハンマーで殴られたように粉々になってしまった。

もちろん、彩香の存在を忘れたわけではない。それに、人妻と深い仲になることへの不安も当然ある。

だが、もともと性欲旺盛な若者が、妙齢の爆乳美女からのお誘いを断るなど不可能と言ってもいい。

それでも、相手が好みのタイプから大きく外れていればどうにか拒めたかもしれない。しかし、あいにくと言うべきか、結美の容姿は大貴のストライクゾーンにしっかり入っていた。したがって、誘惑を拒否するという選択などできるはずがない。

まさに、「据え膳食わぬは男の恥」という言葉が、今の心境にピッタリ当てはまるだろう。

欲望に負けた大貴は、恐る恐る肩から前に手の位置をズラした。そして、身体をややかがめて、大きなふくらみを下から持ち上げるように鷲摑みにする。

それだけで、「んあっ」と結美が控えめな声をこぼす。

(おおっ、すごい。これが本物のオッパイ……タプンとしていて、服の上からでも軟式テニスのボールみたいな手触りだって分かるぞ)

そんなことを思いつつ、大貴は手にやや力を入れて揉みだした。

「んっ、あっ、あんっ、んふっ……」

こちらの手の動きに合わせて、結美が甘い声で喘《あえ》ぐ。

(ああ、Tシャツとかブラジャーとか挟んでいるけど、オッパイの重量感とかブラジャー越しの弾力が感じられて……これは、すごすぎる!)

大貴は、物心がついて以降で初めてまともに触れた女性のバストの感触に、すっかり夢中になっていた。

3

大貴は、ひとしきりバストの感触を愉《たの》しんでから、結美のTシャツを脱がし、黒いブラジャーも外して、彼女の上半身を露《あら》わにしていた。

（これが、結美さんの生オッパイ。本当に、すごく大きいなぁ）

背後から見下ろしながら、ついそんな感嘆の思いが脳裏をよぎる。

女性の乳房自体は、アダルト動画やヌード写真などをさんざん目にしているので、決して見慣れていないわけではない。ただ、こうして生で見たのは、少なくとも小学校に上がって以降は初めてである。

新米町内会長の釣り鐘形の爆乳は、ブラジャーを外して支えがなくなっても、圧倒的な存在感はまるで失われていなかった。

大貴は、胸の高鳴りを覚えながら、二つのふくらみを鷲摑みにした。

こちらの手が触れるなり、結美の口から「あんっ」と甘い声がこぼれ出る。

（うわぁ。これが生オッパイの手触り……さっきよりも、温かさと柔らかさがダイレクトに伝わってくる）

物心がついてから初めてまともに触れた生乳房の感触に、大貴は胸が熱くなるのを禁じ得なかった。

ずっとこうしていたい気もしたが、バストの真価を味わえるのは揉んだときだろう。そう考えた大貴は、心臓の鼓動がいっそう速まるのを感じながら、思い切って指に力を入れてみた。

すると、指があっさりと沈み込んで、ふくらみがグニャリと形を変える。ところが、少し力を抜くと今度は指が押し戻されて元に戻った。

(こ、これは面白い。水風船みたいで、なんだかずっと弄《いじ》っていたくなるよ)

そんなことを思いながら、大貴はさらにグニグニと乳房を揉みしだいた。

爆乳なのもあろうが、結美のバストは想像していたよりも柔らかい。しかし、弾力も備わっているため、揉みごたえがしっかりある。

おまけに、手を動かすたびに「んっ、あんっ……」という美人町内会長の艶めかしい喘ぎ声も、合わせて聞こえてくるのだ。

大貴は、ひとしきり感触を堪能してから、再び下からふくらみを持ち上げてみた。

(うわぁ。ブラジャーがないと、オッパイが片方だけでもけっこう重いのが分かるぞ。こんなのが両胸にあったら、そりゃあ肩こりが慢性的になっても不思議じゃないな)

ついついそんなことを思いつつ、大貴は絞るような手つきで愛撫を再開する。

「ああ、それぇ。んあっ、大貴、あんっ、初めての割に、ああっ、上手よぉ。んっ、ふあっ……」

喘ぎながら、結美がそう口にした。

（まぁ、実際にしたのは初めてだけど、アダルト動画なんかはかなり見ていたし、東京で一人暮らしをしていた頃は、適当な物を使って揉む練習もしていたからな）

あのシミュレーションの成果が出ているのだとしたら、終えたあとに虚しさしか感じないのにやめられなかった行為も、決して無駄ではなかったのかもしれない、という気がしてくる。

そんなことを思いながら、改めて乳房を見つめると、頂点の突起がすっかり屹立《きつりつ》していた。

それだけで、彼女が快感を得ているのが分かって、新たな興奮が込み上げてくる。

大貴は再び胸全体を鷲摑みにして、先ほどよりも強く揉みしだいた。

「はあっ、あんっ、それぇ！　ああっ、すごくいい！　あんっ、んあっ……！」

手の動きに合わせて、結美が大きめの悦《よろこ》びの声をあげる。

ひとしきりバスト全体の感触を堪能してから、大貴は乳頭を軽く摘《つ》まんだ。

それだけで、彼女が「ひゃうんっ！」と甲高《かんだか》い声を漏らしておとがいを反《そ》らす。

(おおっ。女の人の乳首って、本当に感じやすいんだな)

そんな感動を覚えながら、大貴はさらに突起を弄り回した。

「あんっ、それっ、ひゃうっ、いいっ！　ああっ、こんなっ、はううっ、久しぶりでぇ！　はあっ、ジンジンするのぉ！　ああっ……！」

結美の悦びに満ちた声が、リビングに響き渡る。

背後にいるため、爆乳美女の表情をしっかり見ることはできないが、本気で感じているのは間違いあるまい。

もっとも、大貴のほうも女性の生の艶声《つやごえ》と、手の平から伝わってくるふくよかなバストの感触だけで激しく興奮し、ズボンの奥の一物がすぐにでも射精しそうなほどいきり立っていた。

できることなら、今すぐにでも一発抜いてしまいたいところである。

(ただ、帰ってからオナニーをしてもいいけど、せっかくなら結美さんにしてもらいたいなぁ)

という思いが、大貴の心の中に湧いていた。

だが、それを求めるのはさすがにはばかられる。そもそも、このような要求を口にできる度胸があれば、いくら生真面目《きまじめ》な性格でも学生時代に風俗に行くくらいのことはしていただろう。

とはいえ、このままでは胸を揉んでいるだけで射精する、といういささか情けない事態もあり得そうだ。

愛撫を続けつつ、そんな危機感を抱いて迷っていると、

「んあっ、ねえ？　あんっ、わたしもっ、んんっ、大貴にっ、はうっ、してあげようかぁ？」

結美が喘ぎながら、そう口にした。

「えっ？　い、いいんですか？」

大貴は手を止め、思わず聞き返していた。こちらの心を読んだような、まさに渡りに船と言える申し出だったが、にわかには信じられない。

「ええ。童貞なのに女性のオッパイを揉んだら、きっとチン×ンがすごいことになっているんじゃないかと思って。どうかしら？」

顔をこちらに向けて、悪戯を成功させたかのような笑みを浮かべながら、結美がそんな指摘をする。

「その……はい」

彼女の言葉は事実なだけに、大貴は素直に首を縦に振っていた。

ここまで完璧に見抜かれていては、妙に見栄《みえ》を張って誤魔化すだけ無駄だろう。それに、ちょうどこちらも爆乳町内会長に奉仕してもらえたら、と思っていたところだったただけに、向こうから申し出てくれたのはまさに好都合である。

「それじゃあ、オッパイから手を離してくれる？　わたしが、そっちに行くから」

という指示を受けて、大貴は爆乳を解放した。

そうして、手の平からふくらみの温かくて柔らかな感触が失われると、なんとも言えない寂《さび》しさが込み上げてきてしまう。

(ああ、もっと触っていたかった……)

そんなことを思っている間に、ソファから立った結美がこちら側に回り込んできた。

大貴も、釣られるように身体の向きを変えて、上半身裸の彼女と向かい合う格好になる。

(うわぁ。こうやって見ると、やっぱり結美さんのオッパイはすごいな)

爆乳町内会長の乳房を真正面から目にして、大貴は心の中で感嘆の声をあげていた。

後ろからでも、彼女の二つのふくらみには充分な存在感があったが、前から見るとまさに圧巻と言うしかない。

もちろん、三十代半ばで釣り鐘形のバストなので、少し垂《た》れ気味になっている。また、正面からだと乳輪も大きめなのが分かり、男性経験がかなり豊富であろうことは想像がつく。しかし、それらも爆乳美女の色気を強調する材料になっているように思えるのは、決して贔屓《ひいき》の感情だけではないはずだ。

そうして、こちらが見とれている間に、結美は大貴の前に跪《ひざまず》いた。そして、ズボンのベルトに手をかけて外しだす。

「あっ。い、いいですよ。自分で……」

「いいから、わたしに全部任せて」

狼狽《ろうばい》して彼女の行動を遮ろうとしたところ、逆にそう言われて大貴は素直に「あ、はい」と頷《うなず》くしかなかった。

結美は、慣れた手つきでベルトを外し、ボタンも外してファスナーを開けた。そうして、ズボンを下ろしてトランクスを露わにする。

「足を動かして。ズボンを取っちゃうから」

そう指示を出されて、大貴は慌てて言われたとおりにする。

爆乳町内会長は、ズボンを畳んで傍《かたわ》らに置くと、再びこちらに向き直った。

「パンツ越しでも、チン×ンが大きくなっているのが分かるわね？　ふふっ、一回り近く上のおばさんに興奮してくれるなんて、嬉しいわぁ」

そう言いながら、彼女はトランクスに手をかけ、一気に引きずり下ろす。

すると、いきり立った一物が、ビンッと音を立てんばかりに姿を現した。

「ええっ!? これ、すごっ……とっても立派なチン×ンねぇ」

ペニスを目にするなり、結美が目を丸くしてそんなことを口にした。

「そ、そうなんですか？ 自分じゃ、よく分からないんですけど……」

何しろ、他人と大きさを比較したことなどないので、自身の一物が立派かどうかなど判断できない。

「わたし、旦那以外の人とも何人か経験しているけど、このサイズほど大きいのは初めて。大貴、もっと自信を持っていいわよ」

と、結美がとろけるような表情を浮かべながら言う。

(そうか。僕の勃起したチ×ポって、そんなに大きかったんだ……)

そう思うと、彩香への断ち切れない思いも一因だったとはいえ、今まで異性との交友をほとんど持ってこなかったことが、いささか勿体《もったい》なく思えてくる。

「それじゃあ、パンツも取っちゃうから」

その指示で、大貴は先ほどと同じように足を動かす。すると、それに合わせて爆乳町内会長がトランクスを抜き取り、ズボンの上に畳んで置いた。

そうして、彼女が一物を改めてウットリした表情で見つめる。

「ああ、こんなに大きいチン×ン、見ているだけでこっちが我慢できなくなっちゃいそうよ」

と口にしてから、結美は手を伸ばして竿を優しく握った。

それだけで得も言われぬ心地よさがもたらされて、大貴は「くうっ」と声を漏らして天を仰《あお》いでいた。

何しろ他人に、いわんや女性にこうして分身を握られたのは、初めてなのである。

(同じ「手」なのに、自分のとはなんだか違う感じがするなぁ)

彼女の手の平は、己の手よりも一回りほど小さく、柔らかな印象である。そのぶん、肉棒を包む感触も自身よりも優しく思えてならない。

「握っただけで、いい反応。初々《ういうい》しくて、なんだか可愛いわぁ」

嬉しそうにそう言ってから、爆乳町内会長が一物の先端を自身のほうに向けた。そして、そこに口を近づけていく。

彼女が何をする気か察した大貴は、目を大きく見開いてその光景を見守った。

そして、結美の唇が陰茎の縦割れの唇に触れた途端、先端部から鮮烈な性電気が生じて、大貴は思わず「はうっ！」と呻《うめ》いていた。

こちらのそんな反応に構わず、彼女がすぐに舌を出して亀頭を舐《な》めだす。

「レロ、レロ……ピチャ、チロ……」

「ほあっ！　ああっ、これ……くううっ！」

舌の動きでもたらされた心地よさに、大貴はただただ喘ぐことしかできなかった。手とは異なる軟体物が分身を這《は》い回る感覚は、まったくの未体験のものである。それだけに、快感をまったく堪《こら》えられない。

ひとしきり先端を舐め回すと、結美はいったん舌を離した。そうして、「あーん」と口を大きく開ける。

（これって、もしかして……）

と思って見守っていると案の定、彼女はためらう素振りも見せずに一物を口に含みだした。

「ううっ、これは……」

先端から徐々に、口内の生温かな感触に包まれていく感覚に、大貴はつい声を漏らして身体を小さく震わせていた。

これは、手では感じることのない不思議な感触と言っていいだろう。

ペニスを四分の三ほど含んだところで、今度は爆乳町内会長が「んんっ」とくぐもった声を漏らして動きを止めてしまった。どうやら、根元までは口に入れきれなかったらしい。

それでも彼女は、鼻で呼吸を整えてから、確認するようにゆっくりとストロークを開始した。

「んっ……んんっ……んじゅ……んむ……」

「くうっ！　これっ、すごくいいです！　あううっ！」

奉仕が始まるなり、大貴は我ながら情けなくなるような、引きつった喘ぎ声をこぼしていた。

舐められるのもよかったが、唇で竿をしごかれる感覚にはまた独特の心地よさがある。何より、顔を動かすたびに口内で舌が一物に触れるのが、手でされるのとは異なる快感を生み出している気がしてならない。

「じゅぶ、じゅぶ……ふはっ。レロロ、チロ、チロ……」

結美がいったんペニスを口から出して、今度は竿に舌を這わせだした。

すると、先端を舐められたときとはまた違った心地よさが生じる。

何度か竿を舐めると、彼女は再び肉棒を口に含んで、ストロークに移行した。

「んっ、んっ……んむ、んぐ……」

その動きは最初よりもやや速く、リズミカルなものになっている。多少は、大貴のペニスに慣れたのだろうか？

（ううっ。こ、これがフェラチオ……想像していたよりも、ずっと気持ちいい！）

大貴は、爆乳町内会長の奉仕にただただ翻弄《ほんろう》されて、快感の中でそんなことを思っていた。

アダルト動画などで、「フェラチオ」という行為は見知っていた。もちろん、女性にこうしてもらうことを何度となく夢想し、もたらされるであろう快楽についてもあれこれ考えて、孤独な指戯に耽っていたものである。

しかし、現実の行為によって生じた心地よさは、大貴の想像を遥かに上回っていた。

とにかく、舌が一物に這うたび、そしてストロークをされるたびに、文字通りの性電気が脊髄《せきずい》を貫《つらぬ》くのである。

何よりも、爆乳美女が自分のペニスに奉仕をしている光景自体が、牡《おす》の興奮を煽《あお》ってやまなかった。

（結美さんに、こんなことをしてもらえるなんて……本当に、なんだか夢を見ているみたいだよ）

なんとも現実感のない状況に、心にはまだそんな思いが湧いてきてしまう。

だが、分身からもたらされる快感は、妄想では絶対にあり得ないものだ。この心地よさが単なる夢だったら、二度と目覚めたくないとすら思ってしまいそうである。

そうして、大貴はいつしかあれこれ考えるのもやめて、フェラチオによってもたらされる快楽に浸《ひた》りきっていた。

そうしていると、また結美が肉棒を口から出した。

「ぷはあっ。はぁ、はぁ……やっぱり、大貴のチン×ンは大きいから、全部を口に入れるのは難しいわねぇ。こんなの初めてで、ちょっと悔しいわ」

やや呼吸を乱しながら、彼女がそんなことを口にする。しかし、そのとろけそうな表情を見た限り、不快感を抱いている様子はない。

「あら？　先っぽから……大貴、そろそろ射精しそうなのね？」

改めてペニスを見つめた結美が、先からにじみ出た液に気付いて、からかうように指摘してくる。

そこで大貴も、自分が限界間近なことをようやく自覚した。

「えっと……なんか、早くてすみません」

大貴は、つい謝罪の言葉を口にしていた。

もともと、少しの刺激で射精しそうなほど昂っていたため、これ以上はどうにも我慢できそうにない。ましてや、初めてのフェラチオなのだから、この快感をいなすことなど不可能と言ってもいいだろう。

ただ、いささか早漏のような気がして、行為の終わりが近いことへの悔しさと同時に、情けなさも感じずにはいられない。

「気にしないで。初めてなんだから、仕方がないわよ」

爆乳町内会長が、優しい笑みでそう慰めてくれる。

おかげで、少しは気が楽になったものの、この不甲斐ない気持ちはおいそれとは消えそうにない。

そんな大貴の複雑な感情を見抜いたらしく、結美は少し考え込む素振りを見せた。

「そうねぇ……あっ、そうだ。お詫び、って言ったらなんだけど、最後にフェラよりもっといいことをしてあ・げ・る」

と彼女が、何やら意味深な笑みを浮かべる。

（フェラチオよりいいこと？　いったい、なんなんだろう？　このまま本番ってわけじゃないだろうけど……？）

そんな疑問を抱きつつ見ていると、結美は身体を起こして豊満なバストに手を添え、ペニスに谷間を近づけた。

（えっ？　こ、これってまさか……）

と思いつつもそのまま見守っていると、案の定、彼女は肉茎を乳房の間にしっかりと挟み込む。

「ふあっ、おおっ！」

手や口とは異なる感触の大きな二つのふくらみで、分身をスッポリと覆《おお》われた瞬間、大貴は思わず素っ頓狂な声をリビングに響かせていた。

「ふふっ。わたしのオッパイでチン×ンを包まれた感じは、どうかしら？」

妖艶な表情で、しかしからかうような口調で爆乳町内会長が問いかけてくる。

しかし、大貴はそれに応じることができなかった。

（これ、すごっ……結美さんのオッパイが、大きくて柔らかいおかげかもしれないけど、こうされただけでチ×ポがすごく気持ちいい！）

そんな思いだけが心を支配し、他の思考がすべて頭から吹き飛んでいた。

とにかく、先ほど手で弄っていた感触が今度は自分の肉棒を包んでいるのが、なんとも不思議な気がしてならない。

大貴が、漠然とそんなことを考えていると、

「それじゃあ、動くわねぇ。んっ、んっ……」

と、爆乳町内会長は膝のクッションを使って身体を動かし、胸の内側で竿をしごきだした。

唾液《だえき》が潤滑油《じゅんかつゆ》になっているおかげで、彼女が動きだすなり、たちまちヌチュヌチュという音が発生する。

「はおおっ!?　ほあっ、ああっ……!」

同時に、ペニスから想像を遥かに上回る快電流が生じて、大貴は声をあげておとがいを反らしていた。

(パ、パイズリ！　なんて気持ちいいんだ！)

パイズリも、アダルト動画などではしばしば目にして、憧れていた行為の一つである。当然、その快感も妄想していたが、結美の行為でもたらされたのは、予想の何倍もの心地よさだった。

不思議な柔らかさのふくらみにスッポリ包まれた肉棒が谷間でしごかれると、手または口でされるのとは異なる快感が発生する気がしてならない。

何より、見知った美女が身体を動かし、バストの内側で熱心に陰茎を擦《こす》っている姿が、視覚からも激しい興奮をもたらしてくれる。

「んっ、んっ……大貴のチン×ン、やっぱりすごい。こうやって動いただけで、先っぽがここまで出るなんて、わたしも初めてよぉ」

動きを途中で止めて、結美がそんなことを口にした。

彼女のバストサイズだと、大抵のペニスはパイズリ中は埋もれたままになってしまうのだろう。

そう察すると、自信が湧いてくるのと同時に、射精へのカウントダウンも始まってしまう。

「結美さん！　僕、もうこれ以上は……」

「ああ、さすがに無理そうね？　じゃあ、最後はこうしてあげるぅ。あむっ」

大貴の訴えを聞くなり、爆乳町内会長は先端部を咥《くわ》え込んだ。そして、手だけを動かして胸の谷間で肉棒をしごきだす。

「んっ。レロ、んんっ、チロ……」

彼女は、さらに舌で亀頭を舐めて刺激し始めた。

「ふああっ！　そ、それは……あううっ！」

竿と先端から、二種類の心地よい快感がもたらされて、大貴は切羽詰まった声をリビングに響かせていた。

（まさか、パイズリフェラまでしてもらえるなんて！）

という思いが、大貴の脳裏をよぎる。

何しろ、相手は風俗嬢などではなく、出会って二週間も経っていない人妻である。おまけに、若き町内会長なのだ。

そんな人間が、一回り下の庶務にパイズリフェラをしてくれている。

こんなことが現実に、しかも自分の身に起こるとはどうにも信じがたくて、これだけの快感を与えられていながら、まだ夢を見ているような気がしてならない。

できることなら、この心地よさをもっと味わっていたいところだ。

だが、二ヶ所からの鮮烈な快感は、否応《いやおう》なく牡の本能を限界へと押し上げていく。

「ううっ！　もう……出る！」

そう呻くように口にするなり、大貴は彼女の口内にスペルマを勢いよくぶちまけていた。

4

「ぷはぁ。はぁ、はぁ……ザーメン、すごく濃い……それに量も多くて、口からこぼれそうにぃ……こんなの、わたしも初めてよぉ」

口内の精を処理し終えた結美が、呆《ほう》けたような表情を浮かべながら、そんなことを言う。

もっとも、大貴のほうは初の口内射精の余韻で頭が真っ白になって、彼女の言葉の意味を理解することもできずにいたのだが。

(な、なんて気持ちいいんだ……オナニーとは、大違いだよ。それに、実際にこうやって口の中に出すのって、とっても悪いことをした感じだけど、なんだかゾクゾクするなぁ)

口内射精も、アダルト動画などで目にしていたものである。しかし、実際にするとなんとも言えない背徳感と共に、激しい興奮も覚えずにはいられない。

とにかく、女性の奉仕で発射すること自体が、これほどの快楽と征服感をもたらしてくれるとは、想像だけでは絶対に分からなかったことだ。一度、現実でこの経験をしたら、自室で妄想しながら孤独な指戯で抜く、という行為がより虚しく思えてしまう気がしてならない。

大貴が、そんなことを思って余韻に浸っている間に、結美は立ち上がってジーンズのズボンを脱ぎ、ブラジャーとお揃いの黒いレースのショーツを露わにしていた。

「フェラとかパイズリとかしていたら、それだけで興奮しちゃったわぁ。もう、パンツもビッショリよ」

いったんかがんでズボンを畳むと、爆乳町内会長がこちらに目を向けて冗談めかして言う。

その言葉で、大貴もようやく我に返り、反射的に彼女の下半身に目をやった。すると、なるほど黒色なのであまり目立たないが、下着の股間部分にシミができているのが分かる。

結美は、こちらの視線を意識しているらしく、見せつけるようにしながらおもむろにショーツに手をかけた。そして、ゆっくりと、しかし躊躇する様子もなくそれを下ろしていく。

その様子を、大貴はただ目を丸くして見守っていた。

彼女は、隠れていたところを露わにし、さらに下着を下げて足から抜き取った。そうして、ズボンの横にそれを置く。

生まれたままの姿になった爆乳町内会長は、恥ずかしがる素振りも見せずに身体を起こし、改めて正面を向いた。

（お、女の人の裸が……それに、オマ×コ……）

大貴は、生で目の当《ま》たり《あ》にした成熟した女性の全裸に、すっかり目を奪われていた。特に、合法的な映像や写真や漫画では、モザイクか墨で消されているその部位には、どうしても視線が向いてしまう。

手入れされているらしく整った形の黒い恥毛は、恥丘の割れ目から溢《あふ》れた蜜でうっすらと湿って、秘裂周辺の毛が皮膚にへばりついている。それが、なんとも生々しく思えてならない。

一応、非合法な画像で女性器を目にしたことはあった。だが、やはり生の秘部、いわんや顔見知りの美女の最も恥ずかしい部分を見ているというのは、見ず知らずの他人のモノとは違った昂りを覚えずにはいられなかった。

大貴が、呆けて裸に見入っていると、結美は身体を反転させて背を向けてしまった。さすがに恥ずかしくなったのか、と思いきや、彼女はソファの背もたれに手をつき、ヒップをこちらに突き出す。すると、ふくよかな双丘と、愛液で濡れそぼった秘裂が露わになった。

こうして見ると、秘裂は一本の筋ではなく襞《ひだ》が少しはみ出したりしていて、なかなかに艶めかしく見える。

「大貴、バックからしてくれる？　初めてのときは、この体位が動きやすいはずだし、わたし自身も実は後ろからされるのが好きだから」

そう言われて、我に返った大貴は「は、はい」と応じ、彼女に近づいた。

「あっ。先に、オマ×コを指で少し弄ってくれる？　多分、ちょっとだけ濡れ方が足りないから、このまま大きなチン×ンを挿《い》れられると、辛い気がするのよねぇ」

こちらが腰を摑む前に、結美がリクエストを口にした。

こういう判断を自分でできるところは、さすが経験豊富な人妻と言うべきなのだろうか？

そこで大貴は、一見すると準備万端そうに見える秘部に中指を這わせた。

それだけで、結美が「はうんっ」と甘い声をこぼす。

（プックリしていて、だけど柔らかさもあって、愛液でヌメヌメしていて……これが、本物のオマ×コなんだなぁ）

そんな感想を抱きつつ、大貴は大陰唇に沿って指を動かしだした。

「んあっ、あんっ、それぇ！　はあっ、いいのぉ！　あんっ、はううっ……！」

愛撫に合わせて、爆乳町内会長がとろけそうな喘ぎ声をあげる。

（結美さん、すごくエッチな声で……声を聞いているだけでも、こっちも興奮しちゃうよ）

　と思いつつ、なおも指を動かしていると、明らかに秘裂からの蜜の量が増してきた。

「んあは、大貴ぃ？　あんっ、指をっ、んあっ、オマ×コにっ、はあっ、軽く挿れてぇ！　んふうっ、グチュグチュッてっ、はあんっ、かき回してぇ！」

　結美が、新たな指示を口にする。

　既に、何をするべきか自力で考えられなくなっていた大貴は、その言葉に「は、はい」と素直に応じて、指を秘裂に差し入れた。

「はああっ！　それぇぇ！」

　途端に、爆乳町内会長が大きくのけ反って、甲高い声をリビングに響かせる。

（うわぁ。これが、オマ×コの中……）

　第二関節まで挿入すると、指から秘部の感触がはっきりと伝わってきて、大貴は驚きを隠せずにいた。

　生温かいそこは、指に絡《から》みつくようにうねっている。おかげで、こうしているだけでも、なんとも言えない心地よさが感じられる気がしてならない。

（ここに、もうすぐチ×ポを挿れるんだ……）

　そう意識しただけで、頭に血が上りすぎて朦朧《もうろう》としてきてしまう。

「大貴、早く指を動かしてぇ。中、かき回してよぉ」

もどかしげに求められて、大貴は「あ、はい」と慌てて答えて、言われたとおりに指を動かしだした。とはいえ、デリケートな部分なので可能な限り慎重にしたのだが。

「はううっ！　あんっ、それっ、んああっ、いいのぉ！　はうっ、こんなっ、はあっ、久しぶりぃ！　あっ、ああっ……！」

たちまち、結美が歓喜に満ちた喘ぎ声をこぼし始める。

(これくらいでも、充分に感じてくれているみたいだな)

大貴がそう思ったのと同時に、奥から溢れ出てくる蜜の量が明らかに増えた。さらに、粘度も心持ち先ほどまでより増した気がする。

「んはああっ、そろそろぉ！　あんっ、チン×ンッ、はあんっ、挿れてっ、ああっ、いいわよぉ！」

と、喘ぎながら爆乳町内会長が許可を出す。

その言葉を受けて、大貴はいったん指を秘部から抜いた。

「そ、それじゃあ……」

指が愛液まみれだが、大貴はそのまま片手で彼女の腰を摑んだ。そして、もう片手で唾液が付着している竿を握る。

もちろん、本番行為までまることに、まったく不安がないと言ったら嘘になる。だが、これは結美のほうから求めてきたことなのだ。人妻とはいえ、爆乳美女の据え膳である。これを最後の最後に食わない、という選択肢を取れる男が、この世にいったいどれだけいるだろうか？

そもそも、大貴はずっとセックスへの好奇心を抱き続けていたのである。それを満たすチャンスが到来したのに、目前で見逃せるはずがなかった。

思い切って先端をあてがうと、それだけで彼女が「んはあっ」と甘い声をこぼす。

（ああ、先っぽがオマ×コに触れただけで、すごく気持ちいい。挿入したら、どれだけいいんだろう？）

そんな欲求に支配された大貴は、本能のまま腰に力を入れ、己の分身を秘裂に押し込んだ。

「はあああんっ！　チン×ンッ、入ってきたぁぁぁ！」

結美が、甲高い悦びの声をリビングに響かせつつ、ペニスをしっかりと受け入れる。

（おおおお……これが、オマ×コの中……）

大貴は、陰茎がネットリした肉襞をかき分けていく感触の心地よさに浸りつつ、さらに奥へと進んでいった。

そして、とうとう自身の下腹部と彼女のヒップがぶつかって、それ以上は先に行けなくなる。

「はああん、すごぉい！　大貴のチン×ン、子宮まで届いてぇ……これだけで子宮口に当たるなんて、わたしも初めての経験よぉ」

身体を震わせながら、爆乳人妻が陶酔した声でそんなことを口にする。

もっとも、大貴の耳には彼女の言葉など届いていなかったのだが。

（これが、本物のオマ×コの中……指を入れたときより、中の絡みつきがすごくて、ヌメッた感触がチ×ポ全体から伝わってきて……オマ×コって、ジッとしていてもこんなに気持ちがいいものなんだ！）

という感動が心を支配しており、永遠にこの心地よさを味わっていたい気さえしている。

「んはあ……大貴ぃ？　そろそろ、動いてくれない？　わたし、さすがに焦《じ》れてきちゃったわぁ」

どれだけ膣の感触に浸っていたか分からなくなった頃、大貴は爆乳町内会長のその言葉でようやく我に返った。

「あっ……は、はい。すみません」

そう応じて、改めて彼女の腰を両手で摑むと、本能のままに抽送《ちゅうそう》を開始する。

「んあっ、あんっ、あんっ、それぇ！　はうっ、子宮っ、はああっ、すごっ、ひゃううぅ！　あっ、あんっ、いいっ！　ああっ、はううっ……！」

たちまち、結美が悦びに満ちた喘ぎ声をあげだした。

（ああっ！　腰を動かすと、チ×ポが中でしごかれて、すごく気持ちいい！）

大貴のほうも、ピストン運動で分身からもたらされた快感に、あっという間に夢中になっていた。

動物的な体位のおかげか、あるいはアダルト動画などを見ながらの予習のおかげか、初めての抽送ながらも自分でも驚くくらいスムーズに腰を動かせている。そのため、ただひたすら肉茎からの心地よさに浸れるのだ。

「あんっ、これっ、はうっ、すごっ……ひゃうっ、いいぃぃ！　んはっ、子宮っ、あんっ、突き上げられてぇ！　ひゃうっ、しゅごいぃぃ！　あんっ、ああっ……！」

こちらの動きに合わせて、結美も髪を振り乱して半狂乱といった様子で喘ぐ。どうやら、彼女も充分すぎるほどの快感を得ているらしい。

そう分かると、ますます興奮してきて、大貴はピストン運動を半ば本能的にいっそう荒々しいものにしていた。

「はあっ、あんっ、あんっ……！」

いつしか、言葉を発する余裕もなくなったらしく、爆乳町内会長は抽送でひたすら喘ぐだけになっていた。

そうして、パンパンと音を立てながら腰を動かしていると、下を向いた彼女の乳房が大きく揺れているのが目に入った。

ただでさえ大きな二つのふくらみは、下向きになったことで存在感をより増し、ピストン運動に合わせてタプンタプンと音をさせながら動いている。

そのことに気付くと、どうにも我慢ができなくなって、大貴は腰から手を離した。そして、両手でバストを鷲摑みにする。

途端に、喘いでいた結美が「ひゃうんっ！」と素っ頓狂な声をあげて、大きくおとがいを反らした。どうやら、予想外の快感に驚いたらしい。

それでも大貴は、構わず乳房を揉みしだきながら抽送を再開した。とはいえ、身体を押しつけるようにしているため、腰の動きは小さくせざるを得ない。

「んああっ！　はあんっ、これぇ！　ひゃうっ、オマ×コッ、きゃうんっ、オッパイぃぃ！　はうっ、しゅごっ……はううっ、おかしくっ、あうっ、なっちゃいそう！　はああっ、ああんっ……！」

それでも、結美の喘ぎ声のトーンが跳ね上がり、声もますます大きくなった。抽送自体は小さくなったものの、ふくらみからの刺激が結合部からの快感の減少分を補ってあまりあるのだろう。

大貴のほうは、すっかり夢中になってバストと膣の感触を堪能し続けた。

(できることなら、ずっとこうしていたいくらいだよ)

そんな思いが湧いてきたものの、その望みが叶《かな》うことはなかった。

「くうっ、そろそろ出そうですっ！」

ピストン運動を続けているうちに、腰のあたりに再び熱いモノが込み上げてきて、大貴はそう口走っていた。

我ながら、二度目にしてはかなり早い気はしたが、初めてのセックスの興奮と結美のエロさを前にしては、我慢できないのも仕方があるまい。

「ああっ、わたしもぉ！　あうっ、もう……はうっ、このままっ、あんっ、中にっ、はううっ、出してぇ！　あんっ、あんっ……！」

と、結美が切羽詰まった声で求めてくる。

(な、中出し……)

まさか、人妻が夫以外の男にそんな要求を口にするとは、さすがに予想もしていなかったことである。

ただ、それを意識した瞬間、大貴はたちまち我慢の限界に達してしまった。そして、

「くうっ」と呻くなり、腰を引く間もなく暴発気味に、彼女の中に出来たてのスペルマを発射してしまう。

「はああっ、中につ、いっぱいぃぃぃ！　んはあああああぁぁぁぁぁぁ!!」

射精と同時に、結美が大きく背を反らし、絶頂の声をリビングに響かせる。

（くううっ！　し、搾り取られて……気持ちいい！）

締めつけてきた膣内に精を注ぎ込む感覚に、大貴は精が尽きるまでただただ酔いしれていた。

第二章　むっつり人妻と汁だく舐《ねぶ》りあい

1

「大ちゃん、どうしたの？　大丈夫？」

その日の午後、地域センターのカウンター越しに彩香から声をかけられて、ついつい ボーッとしていた大貴は、ようやく我に返った。

「あっ……う、うん。ちょっと、仕事が上手くいってなくて、あれこれ考えなきゃいけなくてさ」

本当は、結美とのことを考えていたのだが、さすがにそれを口にするわけにいかず、大貴はそう誤魔化していた。

「そうなんだ。システムエンジニアってどんな仕事か、あたしにはよく分からないんだけど、やっぱりフリーだと会社にいるより大変だよね？」

　こちらの言い訳を真《ま》に受けた彩香が、少し心配そうに訊いてくる。

「ま、まあね。給料があるわけじゃないから、とにかく収入が不安定でさ。それに、大きな仕事が入れば実入りもでかいけど、独立したての個人だとそういうのってあんまりないから……」

　もちろん、フリーランスのシステムエンジニアには、エージェントを介するなど仕事を得る方法はある。

　大貴自身、しばらくは自力で頑張ってみるものの、貯金が自分で設定したデッドラインまで減ったら、エージェントに登録することは考えていた。もっとも、今の段階でそこまで彩香に説明する必要はあるまい。

　また、本来は仕事時間などを自由に決められるフリーの特権をしばらく満喫したい、と思っていたのだが、町内会という別件で思いの外、慌ただしくなってしまった感がある。

（でも、おかげで結美さんとエッチして、童貞を卒業できたし……生のセックス、本当に気持ちよかったけど、まさか結美さんがあんな状況だったなんて……）

　と、大貴は先ほどの続きに思いを馳せていた。

リビングでの行為のあと、爆乳人妻は自分たち夫婦のことについて教えてくれた。

それによると、彼女は体質的に子供を作れないらしい。

結婚後、なかなか妊娠しなかったため、調べてもらって判明したらしいが、それから夫婦関係はすっかり冷え切って、夜の営みもなくなってしまった。そのこともあるのか、結美の夫はひたすら仕事に打ち込み、出張や接待に明け暮れてほとんど家にいなくなった、とのことである。

だが、彼は世間体を非常に気にしており、このことだけで離婚を切りだしたりはしなかった。

とはいえ、結美も性の快楽を知っている女性なので、セックスを求める牝《めす》の本能はある。いくら自慰で発散しても、セックスレスによるフラストレーションが溜まりに溜まっていた。

そんなとき、町内会長に選ばれ、さらに大貴が一緒に仕事をするようになったのである。欲求不満な人妻が、見るからに女慣れしていなさそうな年下男性に劣情を抱くようになったのは、ある意味で自然なことだったのかもしれない。

「もう。本当に大ちゃん、今日はずっと上《うわ》の空って感じで変だよ？　身体の調子が、悪いんじゃないの？」

と声をかけられて再び我に返ると、彩香がカウンター越しに、なんとも心配そうにこちらを見つめていた。

彼女の目を見ると、性欲に負けて爆乳町内会長と関係を持って童貞を卒業してしまったことに、罪悪感にも似た思いが込み上げてくるのを抑えられない。

「あっと……大丈夫だよ。そ、それじゃあ、僕は町内会に行くから」

大貴はそう言って、幼馴染みから逃げるようにそそくさと階段へと向かった。

そして研修室に入ると、既に結美と佳蓮が畳に和室用会議机と座椅子を用意し、作業を行なっていた。爆乳町内会長の横には、ノートパソコンが用意されている。どうやら、そこが今日の席になるようだ。

「あら、大貴？　こんにちは」

「こんにちは、大貴さん」

こちらを見た二人が、ほぼ同時に声をかけてくる。

爆乳人妻の姿を見た途端、大貴の脳裏に数日前の出来事が甦《よみがえ》ってきた。

ふくよかなバストの手触り、絡みつくような膣肉の感触、艶めかしい表情と喘ぎ声。

それらがフラッシュバックしてきたため、自然に胸が高鳴り、一物の体積が増しそうになる。

「こ、こんにちは。今日も、よろしくお願いします」

昂りをかろうじて抑え込んだ大貴は、平静を装って挨拶をすると、結美の隣に腰を下ろしてパソコンに向かった。

ただ、そうすると距離が多少はあるというのに、少し前に堪能した彼女の温《ぬく》もりや匂いがこちらに漂ってくる気がした。

（ああ、ヤバイ。なんか、またエッチしたくなってきた。だけど、佳蓮さんがいるし、ここは我慢だ、我慢）

と、大貴はなんとか気持ちを落ち着けて、パソコンを起動させる。

「えっと……ところで、今日の仕事内容は？」

「大貴には、前回に引き続いて市の町内会総会用の資料作りをお願いするわ。それと、わたしと佳蓮が今やっているのは、今度の日曜日にやるフリーマーケットの出店希望申し込みの整理だから、あとで手伝って。希望者が思っていたより多いから、スペースの割り振りが意外と面倒なのよねぇ」

こちらの問いかけに、結美が特に意識している様子もなく応じた。

この言動だけを見ると、関係を持つ以前となんら変わらないように思えてならない。

（うーん……結美さん、僕とエッチしたことをなんとも思っていないのかな？　リビングだけじゃなく、浴室でもけっこう激しくしたのに……）

実は、リビングでしたあと、汗を流そうと風呂場に行ったのだが、そこでまたお互い我慢できなくなって、どちらからともなく求め合ってしまったのである。数時間の間に二度の行為に及んだのに、「一度きりの関係」と割り切るなど、大貴にはとてもできなかった。

とはいえ、こちらはキスすら初めてだったのに対し、結美はセックスの経験も豊富な人妻である。肉体関係を持つことに対する考え方に違いがあったとしても、おかしくはあるまい。

（それにしても、結美さんって本当に町内会の仕事を楽しんでいるみたいだよな。僕なんかは、面倒っていうのが先に来ちゃうんだけど。ここらへん、環境はもちろんだけど、やっぱり性格の差が大きいのかもしれないな）

資料作成のために手を動かしながら、大貴は傍らにいる爆乳町内会長に改めて意識を向けて、そんなことを思っていた。

彼女の夫はプライドが高く、「家計を支えるのは男の役目」という古風な考えの持ち主だそうである。

そのせいだろう、夫婦仲が冷え切っているにも拘《かか》わらず、妻がパートなどで働きに出ることには、頑として首を縦に振らないらしい。ただ、もともと活動的な結美にとっては、子供がいないのに家に縛りつけられているのも、フラストレーションを溜める一因になっていたようだ。

そんな夫も、町内会活動は世間体を気にして認めてくれた。そのため、彼女は町内会に積極的に参加するようになり、とうとう会長に抜擢されたのである。

結美が町内会長になったことに対し、夫は複雑な表情を見せたものの文句は言わなかったそうだ。さすがに、「平会員としての活動はいいが、会長をするのは反対」とは言えなかったのだろう。まさかその結果、自分の妻が若い男と肉体関係を持ったとは、予想もしていまいが。

とにかく、夫の束縛で働きに出られない爆乳人妻にとって、きっと町内会の仕事はやり甲斐のあるものなのだろう。

そんなことを思いながら、今度はやや長身のスレンダーな副会長に目を向ける。

(佳蓮さんは、結美さんに副会長に推薦されたから仕方なくやっている、って感じだけど……それでも、ちゃんと仕事に取り組んでいるから、消極的ではあっても真面目な性格なんだろうな)

佳蓮は、パソコンの文字入力は問題なくできるものの、たとえば編集用のソフトウエアを使ってデザイン性のあるチラシや会報誌を作る、といったことができなかった。結美は、「パソコンで文字が打てるなら、きっと色々できるだろうと思って推薦したんだけどねぇ」と苦笑いを浮かべていたのだが。

佳蓮は四年前、結婚と同時に夫が家を買ってB町に引っ越してきたものの、もともと引っ込み思案気味の性格だったこともあり、未だに結美以外に親しい人間がほとんどいないらしい。おそらく、そんな彼女に地域の知り合いを増やそう、というのも、爆乳町内会長の意図としてあったのだろう。今のところ、成功したかは判断がつかないが。

(結局、チラシ作りなんかも僕の仕事になっているし……そのうち、パソコンの使い方を二人にも覚えてもらわなきゃ)

本音を言えば、人員を増やして欲しいのだが、体制変更が急だったこともあって、今は町内会に参加できる若い人間が見つからないらしい。

(来年度からの参加は呼びかけているけど……当面は、大変な状態が続きそうだな)

そう考えながら、大貴はパソコンに向き直ってキーを叩き続けるのだった。

2

B町では毎年、春先と秋のこの時期に一度ずつ、B町地域センターが休館となる日曜日に、駐車場を使って町内会主催によるフリーマーケットが開かれていた。

今日のフリーマーケットも、前会長が入院する前から開催が決まっており、既に旧役員の手によってある程度までは準備が進められていた。そのため、新役員に変わったからといって中止はできず、大貴たちは慣れない運営に奔走することになったのである。

「ぶはー。やっと終わった……」

夕方、後片付けまで終えた大貴は、地域センターの研修室の畳に倒れ込んで大きな吐息をついていた。

「本当に、お疲れさま。さすがに、わたしも疲れたわ」

と、あとから入ってきた結美も、自分の肩を叩いて爆乳を揺らしながら苦笑いを浮かべて言う。

(実際、こんなに大変だなんて、予想外だったからな)

何しろ、準備は基本的に母を含む旧役員がしていたことを引き継いだだけだし、事前に割り当てた区域での販売など一定のルールさえ遵守《じゅんしゅ》していれば、あとはほぼ出店者の自由なのだ。

したがって、大貴としては忙しいのは準備段階までで、開始してしまえば町内会役員の苦労はさほどないだろう、と踏んでいたのである。

ところが、いざ始まってみれば、割り当てスペースへのクレームをはじめ、当日になっての出店キャンセルや、出店者同士、あるいは利用客とのトラブルなどの問題に見舞われた。

特に、やや内向的な副会長がまるで使いものにならなかったのは、多少は覚悟していたものの想定外だった。

もちろん、大貴も人付き合いが得意なほうではない。しかし、このフリーマーケットの出店者はB町の住人ばかりなので、さすがに生まれたときから住んでいれば顔見知りもかなり多い。そのため、赤の他人を相手にするよりは気が楽だった。

だが、新副会長はまだこの町に来て四年しか経っておらず、出店者もほぼ知らない人ばかりなのだ。そのため、いざフリーマーケット本番が始まった途端に、不安と緊張から頭が真っ白になったそうで、何もできなくなってしまったのである。

もともと、彼女に一人分の活動は期待していなかったが、いてもいなくても同じというレベルで駄目になるとは、さすがに思いもよらなかった事態だ。

結果、結美と大貴がフル稼働で働くことになり、各種問い合わせからトラブルまでほとんど二人で処理する羽目になったのである。

その佳蓮は、フリーマーケット終了後すぐに「夫の夕飯の準備があるから」と、平謝りして一足先に帰宅している。

ちなみに、トラブル処理は町内会長の結美が大半を請け負ってくれたため、大貴は他の細々《こまごま》とした雑用や後片付けといったことで負担の返済をした。

とはいえ、基本的にインドア派の人間がテントの片付けなどを延々とやっていれば、否応なく疲労が溜まる。おかげで、役員の休憩所として使用している研修室に戻ってくるなり、畳にバッタリと倒れ込んでしまった次第だ。

シャツにパンツルックという動きやすそうな格好の結美も、畳に座ってホッとした表情を浮かべていた。彼女も、ようやく緊張から解放されたのだろう。

（それにしても、今は結美さんと二人きり……）

そう意識すると、心身は疲労しているにも拘わらず、大貴の中に情欲の炎がメラメラと燃え上がりだした。

地域センター自体が休館日ということもあり、今日は職員が出勤していないものの、鍵は事前に結美が借りて出店者や客が中のトイレを使えるようにしていた。また、こうして研修室を役員の休憩所として使用する許可も取っている。休憩場所としては広すぎるが、畳敷きでいつもの場所というのが不思議と落ち着くのだ。

ただ、後片付けを終えて、今センター内には大貴と結美しかいない。となれば、爆乳町内会長の肉体の感触を思い出して劣情が湧いてくるのは、男として仕方がないのではないだろうか？

（どうしよう？　結美さんと、またエッチしたいけど、いくら二人きりといっても、さすがにここでするのは……でも、やっぱり……）

大貴が心の中で葛藤していると、そんな心情を知ってか知らずか、結美が事前に用意していた五百ミリリットルほどのステンレス製の水筒を出して、カップにお茶を注ぐ。だが、水筒を大きく傾けたものの、中からはカップの底に溜まる程度のお茶しか出てこなかった。

「あら？　もう空っぽ。夏ほど暑くないから、そんなに飲まないと思っていたのに」

と、爆乳町内会長が首を傾げる。

彼女はフリーマーケットの開催中、佳蓮と大貴に代わってかなり喋《しゃべ》っていた。そのぶん喉《のど》が渇いて、我知らずお茶をよく飲んでいたのだろう。

「じゃあ、僕が自販機でなんか買ってきますよ。普通の冷たいお茶でいいですか？」

と言って、大貴は身体を起こした。

「いいけど……大貴も、疲れているんじゃない？」

「外の自販機に行くだけなんで、大丈夫です。それじゃあ、行ってくるんで」

ややや心配そうな結美に、そう応じてそそくさと研修室から出る。

（ふう、危なかった。あそこにいたら、マジで結美さんに襲いかかっていたかもしれないからな）

あの爆乳町内会長のことなので、もしかしたら受け入れてくれたかもしれない。だが、性欲を抑えられずに女性を襲うなど、人としてやってはならないと大貴は思っていた。こうして外出の口実ができたのは、気持ちを落ち着ける意味でも幸いだったと言えるだろう。

そんな安堵の思いを抱きつつ、大貴は既にロックをかけた正面のドアを避けて裏口から外に出て歩きだした。

ところが、普段は意識していなかったものの、いざ探してみると地域センターの周辺には自動販売機がまるで見当たらなかった。道のそこかしこに、ドリンクの自動販売機があった東京住まいの感覚が、未だに抜けていなかったことを痛感せずにはいられない。

そのため、大貴はしばらくウロウロした挙げ句、センターから四百メートルほど離れたコンビニエンスストアへ行く羽目になった。

「やれやれ。まさか、ここまで時間がかかるなんて……」

せっかくコンビニに行ったのだからと、お茶だけでなくお茶請けも買って地域センター前に戻ってくるなり、大貴は思わずそうボヤいていた。

ほんの二～三分のつもりが、自動販売機を探して放浪していたこともあり、三十分近く経っている。これなら、最初からコンビニに行けば往復十分ほどで済んで無駄がなかっただろう。いや、むしろさっさと散会して帰宅したほうが、ずっとよかったかもしれない。

そんなことを思いつつ裏口に回ると、鍵は開けっぱなしだった。したがって、結美が待ちきれなくて帰ったということはなかろうが、随分と待たせてしまったのは間違いない。

大貴は、中に入って鍵を閉めると、二階の研修室に戻って引き戸を開けた。

「すみません、結美さん。意外に自販機がなくて、コンビニまで……って、あれ？」

部屋に入るなり謝罪を口にした大貴だったが、言葉を途中で切って間の抜けた声をこぼしていた。

というのも、室内の真ん中で結美が仰向けになって眠っていたのである。

おそらく、ずっと張り詰めていた気持ちが緩《ゆる》んだため、疲労が噴出して大貴を待っている間に寝入ってしまったのだろう。こうやって横になれるのも、畳の利点ではあるのだが。

大貴は、音を立てないように研修室に入った。

（どうしようかな？　すぐに起こすべきか、それともしばらく寝かせておいてあげるべきか……？）

荷物を畳に置きつつ、そう思案しながら近づいて改めて結美の寝姿を見たとき、大貴は思わず息を呑んでいた。

仰向けになって、無防備に寝ている彼女の大きな胸は、寝息に合わせて微《かす》かに動いている。それが、なんとも言えない独特のエロティシズムを醸し出している気がしてならなかった。

ましてや、一度は生で目にしているバストなので、シャツ越しであっても状況を想像するのは容易《たやす》い。

そんなことを思うと、せっかく外に出て収まった劣情が、一気に鎌首《かまくび》をもたげてきてしまう。

(結美さんのオッパイ……今なら、少しくらい触っても気付かれないんじゃないかな?)

という悪魔の誘惑が、大貴の心に湧き上がってきた。

もちろん、寝ているのが肉体関係のない女性だったなら、理性を総動員して欲望に打ち勝っただろう。

しかし、結美とは既に深い仲になっており、爆乳の感触も堪能している。そんな相手の無防備すぎる姿を目にして、悪戯せずにいられる男が、いったいこの世にどれだけいるだろうか?

ましてや、性欲旺盛な大貴は、再び彼女のバストに触りたいと、ずっと思っていたのだ。そのチャンスが目の前にあるのに、我慢することなど不可能と言っていい。

とうとう悪魔の囁きに負けた大貴は、息を潜めて爆乳町内会長に近づいた。そして、恐る恐る手を伸ばし、ふくらみに軽く触れてみる。

すると、ブラジャー越しにふくよかな感触が指に伝わってきた。が、途端に結美の口から「んあっ」と甘い声がこぼれ出たため、慌てて指を引っこめる。

しかし、彼女は寝息を立てたままで、目を覚ます気配がまったくない。おそらく、胸への軽い刺激に本能が反応しただけだったのだろう。

（これで目を覚まさないなら、もうちょっとくらい強くしても大丈夫かな？）

つい、そんな思いが湧いてきて、大貴は再びバストに手を伸ばした。そして、手の平全体で乳房を包むように触れてみる。

すると、また刺激に反応したらしく、結美が「んんっ」と声を漏らす。だが、今度はこちらも驚いて手を離すことはない。

（ああ、結美さんのオッパイ……シャツとブラジャー越しだけど、大きくて柔らかくて、それでも弾力はちゃんとあって……）

こうすると、生で触ったときの感触が脳裏に甦ってくる。

本当は、これくらいでやめるつもりだったが、実際に触れると我慢できなくなってしまう。

（もうちょっとだけ……オッパイの触り心地を、もう少ししっかり感じたい）

そんな欲求を抑えきれなくなって、大貴は指にやや強めに力を込めた。

そうすると、下着越しながらも、ふくよかなバストの感触が伝わってくる。

（これ、すごくいい手触りで……だけど、やっぱり生のほうが圧倒的にいいなぁ）

乳房を揉みながら、大貴はついついそんなことを思っていた。

爆乳の生の感触を知っていると、シャツはもちろんブラジャーの生地やカップが邪魔に思えてならない。

（とはいえ、さすがに脱がすのはマズイ気が……）

女性の衣服をめくったり脱がしたりして、気付かれないよう元通りにする自信はなかった。それでは裾から手を入れ、下着の内側に手を入れるのはどうか、とも思ったが、いくら彼女が寝ているといっても、薬で眠らせたわけではない。乳房をじかに刺激すれば、目を覚ます可能性は高いだろう。

そんなことを考えながら、ふと顔を上げたとき、目を開けてこちらを見ている結美と、視線がバッティングした。

一瞬呆けて、大貴は手の動きを止めて硬直してしまう。

「大貴、何をしているのかしらぁ？」

からかうような口調で、爆乳町内会長が問いかけてくる。

「あ……えっと、こ、これは……ごめんなさい！」

呆けていた大貴は、我に返って言い訳を口にしようとしてから、慌ててふくらみから手を離した。

「もう、寝込みを襲うなんて、大貴って意外と肉食系？」

身体を起こしながら、結美が悪戯っ子のような笑みを浮かべて言う。

「いえ、その……気持ちよさそうに寝ている結美さんを見ていたら、どうしてもオッパイを触ってみたくなって……本当に、すみません」

大貴は、彼女の前で正座をして、土下座をせんばかりに頭を深々と下げた。

いくら肉体関係を持っている相手とはいえ、劣情に負けて眠っている女性のバストに触れていたのは紛《まぎ》れもない事実だ。罵倒されようと嫌われようと、自業自得だろう。

ところが、爆乳町内会長は特に怒った様子もなく、改めて口を開いた。

「ん〜、そうねぇ。じゃあ、お願いを一つ聞いてくれたら許してあげる」

「お願い？」

「ええ。このまま、最後までしてちょうだい」

「へっ？　あの、いいんですか？」

大貴は、さすがに素っ頓狂な声をあげていた。

まさか、彼女のほうが行為の続きを望むとは、思いもよらなかった事態である。

「もちろんよ。実は、わたしもずっと我慢していたんだけど、大貴とまたしたいって思っていてね。どうかしら？」

そう訊かれて、大貴は一も二もなく首を縦に振っていた。

もともと、一物もすっかり勃起し、できれば胸を揉む以上のことをしたい、と思っていたのである。その行為を女性のほうから求めてきた、という願ったり叶ったりの状況で、こちらが拒む理由などあるはずがなかった。

3

「ああっ、それぇ！　あんっ、オッパイッ、はうっ、いいのぉ！　あんっ、はうっ、あううんっ……！」

研修室に、結美の艶めかしい喘ぎ声が響く。

今、パンツ一丁になった大貴は、生まれたままの姿で畳に仰向けになった爆乳町内会長にまたがり、その豊満な乳房をグニグニと揉みしだいていた。

(やっぱり、生オッパイの触り心地は、服の上からとはまったく違うな)

ふくらみの感触を堪能しながら、大貴の心にそんな思いがよぎる。

柔らかなバストは、軽く力を入れるだけで指がズブリと沈み込み、形を大きく変える。そして、力を抜くとすぐに元に戻ろうとするのだが、それによって指が乳房に吸いつくような感覚が生じて、いくら揉んでいても飽きることがなかった。

「あんっ、それっ、はううっ、気持ちいぃぃ！　ああっ、はううっ……！」

何よりも、手の動きに合わせてこぼれ出る結美の喘ぎ声が、大貴の興奮を煽ってやまない。

「乳首、舐めてもいいですか？」

手を止めて訊くと、爆乳町内会長がこちらに濡れた目を向けた。

「ええ、いいわよぉ。舐めて、思い切り吸って、弄り回してぇ」

許可を得たため、大貴は片手を離して胸の頂点で屹立した突起にしゃぶりついた。

そして、言われたとおりに乳首を吸いながら、舌で乳頭を弄り回しだす。

「ちゅば、ちゅば……レロ、チロロ……」

「ああっ、それぇ！　ひゃんっ、いいわぁ！　はうんっ、そこっ、ああっ、オッパイッ、はああっ、ジンジンするのぉ！　はうっ、ああっ……！」

突起を舌で弄りつつ、片手を動かしてバストを揉みしだくと、結美が歓喜の声をあげる。

その声がなんとも耳に心地よく、いっそう興奮を煽り立ててくれる気がしてならない。

そんな昂りのまま、大貴は空いた手を彼女の下半身に這わせ、秘部を捉えた。

指がそこに触れた途端、爆乳町内会長が「ひゃうんっ！」と甲高い声をあげておとがいを反らす。

(おや？　けっこう、濡れているな)

まだ、キスをしてバストを愛撫しただけなのだが、彼女の秘裂からは既にかなりの量の蜜が溢れていた。

(これくらい濡れていたら、もう挿《い》れても問題ないような……)

という気はしたが、大貴は念のために割れ目に触れた指を動かして、そこを刺激しだした。同時に、胸を揉む手と乳首を弄る舌も動かす。

「きゃううう っ、三ヶ所ぉ！　ああっ、これっ、ひうっ、されたらぁ！　ああっ、もうっ、はうんっ、我慢できなくっ、ひぐっ、なっちゃうぅぅ！　あんっ、はううっ、ひううっ……！」

切羽詰まった結美の喘ぎ声と共に、愛液の量がさらに増した。

それだけで、こちらの興奮もいっそう高まっていく。

(くうっ。こっちも、もう我慢できない！　けど、このまま挿れたら、すぐに出ちゃいそうだし、先にフェラチオかパイズリをしてもらって……いや、でも場所が場所だし……）

これが、自宅や結美の家ならば、前回と同様に彼女にも奉仕してもらって、一発抜いてから合体する、という流れが理想だろう。

しかし、今いるのは地域センターの研修室である。ここで、そこまでしてしまっていいのか、という気持ちがどうしても働いてしまう。

愛撫を続けながら、大貴がそんな迷いを抱いていると、

「ああっ、大貴っ、はうっ、早くっ、ああっ、チン×ンちょうだぁい！　あううっ、大貴の大きくてたくましいチン×ンッ、あんっ、欲しくてたまらないのよぉ！」

と、結美が訴えてきた。どうやら、彼女も大貴のペニスを求める牝の本能を、抑えきれなくなっているらしい。

「あの、このましたら、すぐに出ちゃいそうなんですけど……」

「それでもいいからぁ。何回、中で出してもいいからぁ。早く、早く挿れてぇ」

大貴が不安を口にしかけたところ、爆乳町内会長が遮るように言った。

ここまで求められては、さすがにこれ以上躊躇する理由はあるまい。

「分かりました。それじゃあ……」

意を決した大貴は、そう応じてからいったん身体を起こし、トランクスを脱いでい

きり立った分身を露わにした。そうして、彼女の脚の間に入り、一物を秘部にあてがう。そして、腰に力を入れて分身を押し込む。

「んはああっ！　入ってきたぁぁ！」

挿入と同時に、結美がおとがいを反らして甲高い悦びの声をあげる。

そうして奥まで到達すると、大貴はいったん動きを止めた。

（くうっ。やっぱり、結美さんの中はすごく気持ちよくて……これは、動いたら絶対にすぐ出ちゃうな）

そう思いながらも、大貴は彼女の腰を摑んで抽送を開始した。

正常位は初めてだったが、後背位でコツは摑んでいるので、何度か動けばスムーズなピストン運動が可能となる。

「はあっ、あっ、あんっ！　ああっ、それぇ！　はうっ、いいのぉ！　あんっ、あっ、きゃううっ……！」

抽送に合わせて、結美が嬉しそうな喘ぎ声をこぼす。

（ああっ。結美さん、とってもエロい顔をしている！）

前回は、リビングでも浴室でも後背位だったため、本番中の表情をまともに見られなかった。しかし、今は正面から見ている。

初めて目にしたセックス中の爆乳人妻の顔は、予想以上に艶めかしかった。そこに、艶《あで》やかな声とタプタプ揺れる大きな胸の動きが加わると、とてつもないエロティシズムが感じられる気がしてならない。

そんな昂りのせいもあり、歯止めを失った大貴は半ば無意識にピストン運動を速めていた。

「はあっ、あっ、あっ、あっ、あんっ……！」

結美のほうも、もはや言葉を発する余裕もないのか、ひたすら喘ぎ声を研修室に響かせている。

その姿を見ながら、大貴は夢中になって腰を動かし続けた。

「くうっ。そろそろ、出そうです！」

間もなく限界を感じた大貴は、抽送を続けながらそう口にしていた。

もともと、かなり興奮していたこともあり、射精感をこれ以上は抑えていられそうにない。

「ああっ、いいわぁ！　んあっ、そのままっ、はうんっ、中に出してぇ！　あんっ、あんっ……！」

そう求められて、大貴は牡の本能に従って腰の動きをさらに速めた。

「あんっ、あはっ、わたしもっ、はうっ、イクッ！　あっ、あっ、あっ……！」

爆乳町内会長も、胸を揺らしながら切羽詰まった声をあげる。それに合わせて、膣肉が収縮を開始した。

「はううっ！　そ、それは……もうっ、出る！」

たちまち限界に達した大貴は、そう口にするなり腰の動きを止め、彼女の中にスペルマを解き放った。

「ああっ、熱いの、いっぱい出てぇ！　んはあああぁぁぁぁぁぁぁぁ!!」

結美も絶頂の声をあげて、身体を強張らせる。

そうして、射精が終わるのに合わせるかのように、彼女の身体から一気に力が抜けていった。

「ふあああ……ザーメンで、お腹がいっぱいよぉ……しかも、わたしもこんなに簡単にイカされてぇ……やっぱり、大貴のチン×ン、すごすぎぃ」

陶酔した表情で、爆乳町内会長がそんなことを口走る。

どうやら、彼女も今の行為でかなりの満足感を得たらしい。

そう考えた大貴が、腰を引いて一物を抜くと、掻《か》き出された白濁液《はくだくえき》が畳にこぼれ落ちる。

しかし、一発出したものの、分身は硬度を保ったままだった。

(やっぱり、一回じゃちっとも収まらないや。せめて、もう一回はしないと。だけど、「何度出してもいい」とは言われていても、さすがに「まだしたい」なんて自分から言うのは……)

大貴が、そんな迷いを抱いていると、彼女が気怠《けだる》げに身体を起こした。

「んふう……イッたけど、まだ足りないわぁ。大貴のチン×ンも元気そうだし、今度はわたしが上になってしてあげるぅ。大貴、畳に仰向けになってぇ」

結美が、そんな指示を出してくる。

どうやら、彼女も一度のセックスでは満足できなかったらしい。

大貴が指示どおり畳に寝そべると、すぐに爆乳町内会長がまたがってきた。

「うふふ……大貴、騎乗位は初めてよね？」

と妖しい笑みを浮かべながら、結美が竿を握る。そして、肉茎の先端と自分の秘部の位置を合わせ、すぐに腰を下ろし始めた。

4

その日の午後も、町内会の集まりのために、大貴は予定時刻より十分ほど早く地域センターにやって来た。

正面玄関のドアを開けてロビーに入ると、事務室の席でパソコンに向かっていた彩香が、すぐに顔を上げて受付カウンターに来る。

「えっと……こんにちは、大ちゃん」

「う、うん。彩香姉ちゃん、こんにちは。今日も、町内会なんだけど……結美さんと佳蓮さんは？」

「二人とも、今日はまだだよ。あの人たち、家が近いからいつも一緒に来るんだ」

「そ、そうみたいだね」

幼馴染みとの会話に、大貴はそれまでにない緊張を覚えていた。

もちろん、彩香に結美との関係を気付かれた様子はない。だが、目の前の相手に幼少時からずっと思いを寄せていたというのに、他の女性と複数回に亘って身体を重ねてしまったのだ。その後ろめたさは、どうにも拭《ぬぐ》いがたい。

「もう。大ちゃん、やっぱり何か……」

と、彩香が不満そうに言葉を紡《つむ》ごうとしたとき、正面のドアが開いて結美と佳蓮が入ってきた。

「あら？　大貴、もう来ていたの？」

「こ、こんにちは、大貴さん」

二人の美女が、口々に声をかけてくる。

しかし、副会長は相変わらず少し緊張している様子である。

「あっ。えっと……こんにちは」

ちょうど、彼女たちの話をしていた最中だっただけに、大貴はいささか動揺しながら挨拶を返した。

「お二人とも、こんにちは」

彩香が、カウンター越しに笑みを浮かべて挨拶をすると、結美と佳蓮も「こんにちは」と応じる。

それから、爆乳町内会長がカウンター前にいる大貴の横に来た。

「それじゃあ、いつものようにサインをお願いします」

と、幼馴染みが事務的な口調で申込用紙を差し出すと、結美がカウンターに置いてあるボールペンを手にして、慣れた手つきで自分の名前を記入する。

普通の団体は、ここで利用料を支払うのだが、町内会の集まりでの利用は無料なので、責任者がサインをして部屋の鍵を受け取るだけである。

「さて、行きましょうか？」

彩香から研修室の鍵を受け取った結美が、そう言って大貴にスッと腕を絡めてきた。

おかげで、腕にブラジャー越しながらも豊満なバストの感触が広がる。

これは、意図して「当てている」のは間違いあるまい。

ただ、あまりに突然のことに、大貴は「えっ？」と間の抜けた声をあげてしまった。

「なっ、何をしているんですか、白須さん!?」

彩香も、ロビーに響き渡るような大声をあげる。

そのため、事務室内にいた他の職員たちも何事かという様子でこちらを見る。

しかし、結美は余裕の笑みを浮かべながら、

「何って、ちょっと腕を組んだだけよ。大貴とは、もっと仲良くなりたいし。それとも、瀬戸さんはわたしが大貴とこうするのが、嫌な理由でもあるのかしらぁ？」

と、からかうように言う。

「そ、そういうことじゃ……もうっ。とにかく、いつも通り時間になったら鍵を返し

てください！」

あからさまに苛立《いらだ》った様子でそう応じて、彩香が事務室の自席に戻っていった。

「あらあら、ムキになっちゃって。ふふっ、からかい甲斐があるわねぇ。さて、それじゃあこっちも行きましょうか？」

意味深な笑みを浮かべながら言うと、爆乳町内会長は腕を組んだままこちらを引っ張るように歩きだした。

大貴のほうは、彼女の行動にすっかり翻弄《ほんろう》されてしまい、抗《あらが》うこともできずただ黙ってされるがままになるしかない。

（結美さん、研修室でしてから、やたらとベタベタしてくるようになったよな？　一回目のあとは、そんなことなかったのに、いったいどうしたんだろう？）

という疑問が、大貴の脳裏をよぎっていた。彼女の心境の変化が、どうにも気になって仕方がない。

（そうだ。気になると言えば、最近の佳蓮さんもなぁ……）

と、大貴は少し後ろからついてくる人妻副会長をチラ見した。

佳蓮はこのところ、こちらによく視線を向けてきていた。特に、大貴と結美が一緒にいるときに、その傾向が強い。

しかし、熱心に見ているものの、そこには愛情や情欲といった類《たぐい》の熱はまったく感じられなかった。

それはまるで、プログラマーなどがデバッグ作業をしているときの目つきのように、真剣ではあるがやけに冷静なものという気がする。

(なんだろう、あの目は？　どうして、あんな目つきで僕と結美さんを見るんだ？)

視線の意味が分からないと、どうにも不気味に思えてならない。とはいえ、本人を問い詰めるのもはばかられる。

そんなことを思っている間に、研修室前に到着し、腕を放した結美が部屋の鍵を開けて中に入った。

大貴もあとに続いたが、研修室に入るとフリーマーケットの日の出来事が自然に脳裏に思い浮かんで、分身に血液が集まりそうになる。だが、大貴はどうにかそれを振り払い、自分がやるべきことの準備に取りかかった。

そうして、今日の作業に取り組みだしたものの、やはり佳蓮はチラチラとこちらを観察する素振りを見せていた。まったく、あの視線はどういうことなのだろうか？

(う〜ん……こういうときは、結美さんに訊くのが手っ取り早そうだな)

何しろ、人妻副会長と最も付き合いが長く深いのは彼女なのだ。結美が、友人の視線に気付いていないとは思えないが、何も言わないということは何か知っている可能性はある。

そう考えた大貴は、休憩で佳蓮がトイレに立ったのを見て、爆乳町内会長に話しかけた。

「……というわけで、佳蓮さんの視線が気になっているんですけど？」

「ああ、大貴も気付いていたのね？　実は、佳蓮ってプロの官能小説家なのよ」

「えっ？　官能小説って、エッチな小説ですよね？」

予想外の言葉に、大貴は驚きの声をあげてしまう。

「そう。佳蓮は、旦那さんに内緒でネットに十八禁の小説を投稿していたの。で、それを読んだ編集者に声をかけられて、去年の四月に『紅田恋花《こうだれんか》』ってペンネームでデビューしたのよ。今までで、二冊の本を出しているわ」

「へえ、そうだったんですね……」

大貴は、アダルト動画や漫画こそよく見ているものの、官能小説には手を出したことがなかった。せいぜい、中高生の頃にエッチな描写のあるライトノベルを読んだ程度である。当然、佳蓮のペンネームも初耳だった。

それでも、文筆の世界でプロデビューをするのが、それほど簡単ではないことくらいは容易に想像がつく。

（そういえば、佳蓮さんが書いた文章を見たとき、すごく分かりやすくて読みやすく感じたけど、プロの小説家なら納得だな）

だが、あの内気そうな佳蓮が官能小説を執筆しているというのは、まったくの予想外で、どうにもイメージが結びつかない。

「ん？　ってことは、僕たちを観察するみたいに見ていたのって……？」

「ええ。わたしが話したわけじゃないけど、こっちの関係に薄々は勘づいているみたい。佳蓮、三作目がアイデアの段階から苦戦しているらしくてね。担当さんからちっともＯＫがもらえない、って愚痴をこぼしていたから、新作の発想のヒントにでもしようとしているのかも？」

と、結美が肩をすくめて言った。

なるほど、そういうことであれば奇妙な視線の意味も納得がいく。

「だけど、そうなると佳蓮さんがアイデアを思いつくまで、あの目を向けられ続けるんですか？」

「どうかしらねぇ？　ま、わたしとしては別に構わないんだけど。なんなら、もーっと仲のいいところを見せてもねぇ」

そう言いながら、結美が身体をすり寄せてくる。

彼女の匂いと体温、柔らかな身体の感触を感じると、大貴の中に飛びかかりたい衝動が湧き上がってきた。ましてや、一度はここで行為に及んでいるのだ。

（いやいや。今は町内会の最中だし、佳蓮さんだってすぐに戻ってくるんだから！）

と、理性を総動員して、大貴は彼女を引き剝《は》がした。

「まったく、さっきもだけど、そうやって人をからかわないでもらえますか？」

「あら、ごめんなさい。でも、大貴だって嫌じゃなかったでしょう？」

悪戯っ子のような笑みを浮かべながら、町内会長が楽しそうに言う。

「そりゃあ……って、だから、そうやって……」

結局、大貴は彼女とのそんなやり取りを佳蓮が戻ってくるまで続ける羽目になるのだった。

5

その日の夕方、長袖のシャツにジャケットを羽織った大貴は、あてもなく外をブラブラと歩いていた。

というのも、小遣い稼ぎにと思って取りかかったスマートフォン用アプリケーションの開発に、すっかり行き詰まってしまったのである。

あれば便利ではないか、と思いついたものは、調べてみれば既に評価の高いアプリが存在したり、検討を進めると実現がかなり難しいと分かったり、という具合に、問題が次々に出てきた。

かと言って、いい加減なものを発表するのは、システムエンジニアとしての沽券《こけん》に関わる。

そうして考え込んでいたら、完全に手詰まり状態になったのだ。

とにかく、家にこもって思案に暮れていても、時間が過ぎるばかりである。そのため、気分転換に外出したのだが、散歩をしていても袋小路に迷い込んだような感覚は容易に解消できるものではなかった。

このように、歩きながらあれこれと考えているうちに、大貴は気がつけば地域センター前に来ていた。最近、頻繁に来訪していたせいか、無意識に足が向いてしまったらしい。

（あれ、いつの間に？　う～ん、ここまで来たなら彩香姉ちゃんに会いたいけど、今日は町内会がないからなぁ。いくらなんでも、仕事時間中に雑談だけして帰るってわけにもいかないだろうし……）

ならば、結美の家に行くことも一瞬だけ考えたが、タイミングが悪いと言うべきか夫が出張から戻ってきたという話を、昨日聞いたばかりである。さすがに、夫が何時に帰宅するか分からない状況で、情事に耽るわけにもいくまい。

それでも、歩いていれば偶然ばったり爆乳人妻と遭遇して、立ち話くらいはできるのではないか？

そんな微かな期待を抱きながら、普段は滅多に来ない道を歩いていたとき。

「だから、あんたには副会長の自覚がなさすぎるから、ここに住んで五十年、二年間の副会長経験があるワシが、心得をしっかり教えてやろうと言っているんだ！」

という、ダミ声で苛ついた様子の男性の怒鳴り声が、大貴の耳に届いた。

何事かと思って足を向けてみると、そこには白髪の老人と佳蓮がいた。

ワンピースに長袖のカーディガン姿の副会長は、トートバッグとレジ袋を持っている。おそらく、買い物帰りだったのだろう。

そして、やや小柄な老人が彼女の手首を摑み、家のほうに引っ張っていた。どう見ても、彼が女性を自宅に無理矢理連れ込もうとしている構図である。

一方の佳蓮は、引きつった顔で弱々しい抵抗を示しているものの、恐怖と元来の内向的な性格のせいか萎縮し、声を出せなくなっているようだった。

「あれって……確か、海老沼《えびぬま》さんか。そういえば、母さんが『町内で一番の要注意人物』って言っていたな」

B町の町内会の役員の間では、地域で問題のある人物についての情報が密かに共有されていた。その中には、前に草取りに駆り出された老婆も含まれていたが、特に気をつけるように言われていたのが、あの老人である。

海老沼は、前町内会長が四期目のときに立候補して副会長を務めた人物だ。だが、立場を振りかざした横暴な言動が問題となり、再三の注意にも拘わらず態度が改善されなかったらしい。

さらに、次の期では町内会長に立候補したものの、自身が投じた票以外は一票も入らず落選したという話だ。それで、さすがに自分が相当に嫌われているのを自覚したのか、はたまた支持ゼロだったのがよほど腹に据えかねたのか、以来、彼は町内会の集会や祭りに顔を出さなくなったそうである。

ところが、その後も海老沼は副会長職だったことを笠に着たトラブルを何度も起こし、B町内でもかなり問題視されていた。

かと言って、迂闊《うかつ》に諌《いさ》めに行けばキレて大騒ぎをするため、前体制でも随分と扱いに困っていた、とは母の弁である。

せめて、妻子がいればそちら経由で注意してもらうこともできたのだろうが、海老沼は副会長職をする少し前には離婚していて独り身だった。妻子がいた頃は、対外的にさほど大きな問題を起こしていなかったらしいので、離婚を引き金にして問題行動が表に出たのだろう。

家がやや離れていることもあり、大貴自身が彼を直接見たのは子供の頃に数えるほどしかなかった。ただ、友人と道路で遊んでいたときにいきなり怒鳴られたりして、怖い思いをした記憶はおぼろげに残っている。

そんな問題老人が、副会長になってまだ一ヶ月にも満たない佳蓮を、「副会長の心得を教える」という名目で家に引っ張り込もうとしているのだ。

おそらく、フリーマーケットの件など彼女の性格的な問題を、どこかで聞きつけたのだろう。加えて、新会長の推薦だったとはいえ、引っ越してきてわずか四年で同じ役職になった若い女性に対してマウントを取りたい、という考えがあるのは間違いあるまい。

当然、やや内向的な佳蓮が高圧的な海老沼の家に連れ込まれたら、単に「副会長の心得」を説かれるだけで終わるはずがない。そこで何が起こるかなど、火を見るより明らかだ。

そう悟った瞬間、大貴は半ば反射的に二人へと歩み寄っていた。

大貴も、もともとあまり人付き合いが得意なほうではないし、この手のトラブルには不慣れである。だが、ここで気付かないふりをして佳蓮を見捨てたら、もう彼女はもちろん結美とも顔を合わせられなくなるだろう。

「佳蓮さん、こんにちは」

なるべく平静を装ってそう声をかけると、二人がこちらを見た。海老沼は、自分の行動を邪魔されたせいか、あからさまに不快そうな顔を見せる。

「だ、大貴さん……」

佳蓮のほうは、見知った町内会庶務の登場に安堵したような表情を浮かべる。

「大貴？　ああ、内山の息子か。なんの用だ？　ワシは、この新参者の副会長に話があるんだ！　邪魔をするな！」

と、海老沼が噛みつかんばかりの勢いで喚《わめ》いた。

その態度は、普段の大貴なら尻込みしてしまうほど威圧的だった。しかし、ここで怖《お》じ気《け》づくわけにはいかない。

「いや、たまたま近くを通ったら、海老沼さんの声が聞こえたもんで。副会長の心得ですか？　ああ、そうだ。せっかくだから、僕も佳蓮さんと一緒に聞かせてもらいましょう。あとで母に連絡して、チェックしてもらうんで。ウチの母は、海老沼さんより少し長く副会長をしていたから、もっと色々知っていると思いますし」

大貴が、内心の恐怖心をどうにか押し殺しながら務めて冷静に切り返すと、海老沼が佳蓮の手首を摑んだまま、「うっ」と顔を引きつらせた。

（やっぱり、母さんの名前を出されると、この人は弱いみたいだな）

美冬の話では、彼女も海老沼の横暴な振る舞いに対する苦情で、トラブル処理に駆り出されたことがあるそうだ。そのとき、「女のくせに」などと高圧的な態度を見せた彼を、真正面から論破したらしい。

おかげで、母が副会長の間はこの老人もすっかり大人しくなり、美冬の姿を見るとそそくさと逃げ出すようになった、という話だった。

おそらく、天敵がいなくなったことを知った海老沼は、今までの鬱憤《うっぷん》を新副会長の佳蓮にぶつけようとしていたのだろう。しかし、彼にとっては運悪く、その現場を苦手な相手の息子に見つかってしまったのだ。

「どうしたんですか、海老沼さん？　僕も付き合うんで、家で副会長の心得ってヤツを聞かせてくださいよ」

大貴がそう追い打ちをかけると、海老沼は舌打ちをして佳蓮から手を離した。

「ええい、急用を思い出した！　とっとと帰れ！」

と、不愉快そうに言うと、彼は一人で自宅に戻ってしまう。

町内会の副会長職から離れたとはいえ、大貴と違って明るく社交的な美冬のB町内での影響力は非常に大きかった。あの母が本気で激怒したら、ここで暮らせなくなるくらい海老沼を追い詰めることも辞さないだろう。

彼も、そのことを察したようである。

一方の佳蓮は、あまりの急展開に思考がついていっていないらしく、老人から解放されたというのに、呆然と立ち尽くしていた。

「佳蓮さん、大丈夫でしたか？」

「は、はい……その、ありがとうございます」

声をかけると、我に返った美人副会長が青ざめた顔のまま、頭を下げてくる。

「いえ、たまたま通りかかったもんで、本当に運がよかったです。でも、まだ油断できないし、家まで送りますよ」

この大貴の言葉に、佳蓮も「はい」と素直に頷く。

そうして、二人は海老沼の家から少し離れた場所にある彼女の家に向かった。

「えっと、ここがウチです」

やがて、そう言って佳蓮が立ち止まったのは、結美の家と同じ通りの反対側にある家だった。斜め向かい、と言うにはいささか離れているが、家同士がほぼ視界の範囲に入っている。

T市では、可燃・不燃・資源といったゴミは、指定日に所定の「ステーション」と呼ばれる場所にまとめて出すことになっている。この距離だと、同じステーションにゴミを出しているはずなので、おそらくそこで二人は知り合ったのだろう。

「ふう。やれやれ、どうやら海老沼さんがあとをつけてくることもなかったし、これで一安心……あれ？」

安堵の吐息をこぼして気を緩めた途端、大貴は膝から力が抜けて、その場に崩れ落ちそうになった。

「だ、大丈夫ですか、大貴さん？」

こちらの異変を見て、今度は佳蓮が心配そうに声をかけてくる。

「あはは……なんとか。慣れないことをやったもんで、今さらながら足がガクガク震えています。情けないなぁ」

と、大貴は苦笑いを浮かべて応じた。

そもそも、高圧的な相手に正面から立ち向かうなど自分のキャラではないので、先ほどはかなりの勇気を振り絞って行動を起こしたのである。

ここまでは、海老沼を言い負かした高揚感と、背後から襲われたりしないかという緊張感もあって平気だったが、それが解けたため反動が一気に襲いかかってきたのだろう。

「えっと、情けないなんてことは……あ、あの、歩くのが辛いようなら、ウチで一休みしていってください」

佳蓮の、少し怖ず怖ずとした申し出を、大貴は素直に受けることにした。

ついさっき、男の家に連れ込まれそうになったのに、自分が招き入れるのに抵抗はないのか、という気はしたが、背に腹は代えられない。

とにかく、距離的にはそう大したことがないとはいえ、今にもへたり込みそうな状況で自宅まで歩くのは、さすがに難しそうだ。ここは、厚意を受け取るのが正しい選択だろう。

そう考えた大貴は、案内されるまま彼女の家の玄関に入り、リビングルームに向かった。

雨宮家のリビングは、シックな家具で統一されており、三人掛けのソファとローテーブルがテレビの前に鎮座している。

大貴がソファに腰を下ろすと、佳蓮は荷物を置いてすぐキッチンに向かった。

(佳蓮さん、自分が怖い目に遭ったのに、意外と気丈なのかな？　それとも、やっぱりプロ作家だから、ああいう経験も過ぎれば取材みたいな感覚になるのかな？)

ついつい、そんな思いが脳裏をよぎる。

結美の話を聞いて以降、どうして夫に内緒で官能小説を書こうと思ったのかなど、佳蓮からじかに話を訊いてみたい、という好奇心は抱いていた。

だが、町内会で共に仕事をする仲とはいえ、大貴は彼女とそこまで親しいわけではない。あまり不躾《ぶしつけ》な質問をぶつけて嫌われるのは、一緒に働いている以上は避けたほうがいいだろう。

大貴がそんなことを考えていると、飲み物を入れたマグカップ二個をトレイに載せた佳蓮が戻ってきた。

「えっと、ココアです。ココアには、気持ちを落ち着かせる効果があるらしいので」

そう言って、彼女がマグカップの一つを大貴の前に置いた。

そして、少し離れて自分も着席し、カップを手にする。

温かいココアを口に入れると、絶妙な甘みと苦みが口に広がった。そうして、それを喉に流すと、思わず「ほう」と吐息のような声がこぼれ出て、海老沼の件で乱れた心が落ち着き、佳蓮と二人きりという緊張感もほぐれた気がしてくる。

(ちょっとだけ、気持ちが楽になったけど……どうしよう？　エッチな小説を書き始めた理由とか、訊いてもいいのかな？　でも、旦那さんにも内緒だって言っていたから、言いたくないのかもしれないし……)

大貴がそんな迷いを抱いていると、同じくココアを飲んでいた佳蓮のほうが、意を決したようにこちらに目を向けた。

「あの、大貴さん？　結美さんから、わたしが、その、官能小説家だってことを大貴さんに話した、って聞いたんですけど……？」

その意外な言葉に、大貴は「えっ？」と声をあげて目を丸くしていた。

まさか、既に結美が彼女に打ち明けていたとは、さすがに想定外である。だが、そういうことであれば話もしやすくなる。

「あっと……はい。その、最近の佳蓮さんの視線が気になったんで、結美さんに相談したら……プロの小説家だったなんて、ビックリしましたよ」

「そんな……プロって言っても、出せた二作はネットにアップした小説のリライトですし、完全オリジナルの三作目は、アイデアの段階で何度出してもNGばかりで、すっかり自信をなくしていて……ですけど、その、大貴さんと結美さんの距離が近くなったって気がついたとき、何か掴みかけた気がしたんです。それで、ついつい観察をするようになって……不愉快でしたら、すみません」

と、恥ずかしそうに言った佳蓮が頭を下げる。

「ああ、不愉快ってわけじゃないです。ただ、なんて言うか、一歩引いたところから観察してくる感じの視線が気になっただけなんで……僕のほうこそ、旦那さんにも内緒の話を聞いちゃってすみません。秘密にしたかったんですよね？　誰にも言わないんで、そこは安心してください」

大貴は、慌ててそう応じていた。

こちらとしては、彼女を晒《さら》し者にする気など毛頭なかった。

それに、プロが新作のために懸命になっているのを、非難するつもりもない。自分自身、アプリ開発で行き詰まっているので、新人小説家が藁《わら》にもすがるようにネタを求めた気持ちは、よく分かるのだ。

大貴の言葉に、安堵の表情を浮かべた佳蓮だったが、そこで会話が途切れてしまった。そして、二人の間にいささか気まずい沈黙の時間が流れる。

ただ、彼女のほうは恥ずかしそうにモジモジして、何か言いたげにしていた。

（佳蓮さん、どうしたんだろう？）

という疑問を抱いたとき、大貴はうっかり聞き流していたことにようやく気付いた。

「えっと、佳蓮さん？　もしかして、結美さんから僕とのことを……？」

大貴の質問に、彼女が小さく頷く。

やはり、結美は自分と大貴の関係について、友人に打ち明けていたようだ。おそらく、秘密を勝手に他人に話したお詫びに、自身の秘密を告白したのだろう。

「その……お二人のことは、聞いたときには驚きましたけど、最近の親しさに納得がいったと言うか……それに、大貴さんのオチ×チンについても、結美さんがとっても褒めていて……」

と応じた佳蓮の態度は、会長と庶務の肉体関係を責めるようなものではなかった。むしろ、今までの観察するような冷静さとは違う、妙に熱っぽい目を向けている。

（これって……もしかして、佳蓮さんも僕とエッチしたいのかな？）

そう悟った途端、大貴の中にムラムラと劣情が湧き上がってきた。

こちらのペニスについて口にしたことから考えても、それはまず間違いあるまい。

しかし、先ほど海老沼に家に連れ込まれそうになる、という恐怖を味わった相手に、強引に迫ることには後ろめたい気持ちがある。したがって、あと一押し、決定的な言葉が欲しいところだ。

　そこで大貴は、一つの問いかけをすることにした。

「そういえば、旦那さんは何時頃に帰ってくるんですか？」

「……その……今日、夫は東京に出ていて……取引先との接待で帰れない、と言われているんです」

　佳蓮が小さく息を呑んでから、小声でそう答える。

（こ、これはもう間違いない！　佳蓮さん、僕とエッチしたいんだ！）

　と察すると、大貴は心の中から歯止めが一気に失われていった。

　佳蓮は、控えめな性格ながら、なかなかの美貌の持ち主である。それに、女性としてはやや長身で一見スレンダーに見えるものの、出るべきところがしっかり出ているのも、今まで一緒に仕事をしていて分かっていた。

　彩香はもちろん、結美ともタイプはまったく異なるが、大貴は彼女にも充分すぎるほどの魅力を感じていたのである。

　とはいえ、童貞の頃であれば、このようなシチュエーションになったとしても実際の行動に移すのは難しかっただろう。しかし、既に結美と複数回の関係を持って生の女体を知った人間が、今の状況で我慢することなどできるはずがなかった。

大貴は、腰をズラして彼女に近づいた。すると、佳蓮が息を呑んでやや緊張した様子を見せる。だが、逃げ出す素振りはない。

そこで、大貴は腰と腰が密着するくらいまで近づいて、美人副会長を抱きしめた。

彼女のほうは、「あっ」と声を漏らしたが、それでも身体に力が入った以外、まだ抵抗する様子はない。

(その気がないなら、ここで僕を突き放したりするはず。こうしても無抵抗ってことは、やっぱり佳蓮さんも僕とエッチしたいんだ)

そう判断した大貴は、いったん身体を離して人妻小説家をジッと見つめた。

それだけで、こちらの意図を察したらしく、佳蓮が黙って目を閉じる。

我慢できなくなった大貴は、そんな彼女に唇を重ねていた。

6

「んあっ、あんっ。んふっ、ああっ、大貴さぁん……んんっ、ふあっ……」

雨宮家の寝室に、佳蓮の控えめな喘ぎ声が響く。

「佳蓮さんのオッパイ、弾力があって素敵です」

寝室のダブルベッドで、素っ裸になった大貴は同じく全裸で仰向けになった町内会副会長の胸を揉みながら、そんな感想を口にした。

「やんっ、恥ずかしいですぅ。んあっ、わたしっ、はうっ、オッパイにっ、んんっ、自信がなくてぇ……あんっ、んんっ……」

こちらの褒め言葉に、佳蓮が喘ぎながら応じる。

だが、こうしている限り、彼女のバストは充分な大きさと揉みごたえがあり、自信をなくすようなものとは思えなかった。

（もしかしたら、結美さんと比べて卑下《ひげ》しているのかな？　だとしたら、それは比較対象が間違っているとしか……）

何しろ、あの爆乳の持ち主が相手では、いったい世の女性の何割が自信をなくすことになるか分かったものではない。

もっとも、佳蓮は自己評価がお世辞にも高いとは言いがたかった。そのため、爆乳町内会長と自分を比較して色々な部分で劣っているのを痛感し、ますます自信を失ってしまった、という可能性は大いにあり得る。

（だったら、結美さんと比べる必要なんてないって、しっかり身体に分からせてあげないと）

という使命感にも似た思いが湧いてきて、大貴はバストを揉む手に力を込めた。

「ああっ、ひゃうっ、それぇ！　あんっ、声っ、ああっ、出ちゃう！　はうっ、ああんっ……」

たちまち、佳蓮が大きな喘ぎ声をこぼし、またすぐに唇を噛んで我慢する素振りを見せる。その様子を見る限り、本当に感じているのは間違いあるまい。

（それにしても、まさか夫婦の寝室に案内してもらえるなんて……）

バストへの愛撫を続けながら、大貴はついそんなことを思っていた。

リビングと浴室でセックスした結美でも、寝室どころか二階自体を見せてもくれなかったのである。その意味で、控えめな佳蓮のほうが二階にある寝室での行為を望んだのは意外だった。

もっとも、彼女としては寝室以外での性行為にむしろ抵抗がある、とのことだったので、理由としては納得がいったのだが。

しかし、夫でもない大貴のほうは、夫婦が使っている愛の巣で他人の妻とこうしている事実に、背徳感混じりの興奮を抑えられずにいた。

それに、佳蓮のバストは爆乳町内会長よりも小さいからか弾力が強めで、揉みごたえがより大きく感じられた。これがサイズの差なのか、それとも個人差なのかは分からないが、どちらにしても触り心地が非常にいいのは間違いない。

（おっ。乳首が勃《た》ってきた）

しばらく揉んでいると、大貴は彼女の胸の頂点で突起が存在感を増してきたことに気付いた。そのため、片手を離してそこにしゃぶりつく。

「ちゅば。チロ、じゅる、レロ……」

「はうっ、そこぉ！　んんっ、んあっ、あああっ……」

乳首を吸いつつ舐め回すと、佳蓮は一瞬だけ甲高い喘ぎ声をこぼしたものの、すぐに懸命に声を抑える様子を見せた。

（やっぱり、結美さんほど声を出さないな。一軒家でも、外に聞こえると思っているのかな？）

愛撫を続けながら、大貴はそんなことを考えていた。

この推測は、おそらく間違ってはいまい。いくら一軒家とはいえ、ここは住宅地なので万が一ということはあり得る。爆乳町内会長は気にせず喘いでいたが、それこそが性格の違い故だ、と言えるのだろう。

（だけど、どうせなら佳蓮さんのエッチな声を、もっと聞きたいな）

そう考えた大貴は、乳首を強めに吸いあげてみた。

「んあああっ、それっ！　んんんっ……！」

　またしても、副会長は一時的に大きな声を出したものの、今度は両手で自分の口を塞《ふさ》いで声を抑えてしまった。彼女を思い切り喘がせるのは、なかなか骨が折れることかもしれない。

（乳首でも、駄目そうかな？　そうだ！　だったら、オマ×コを舐めたら……）

　と思いついた大貴は、いったん突起から口を離して身体を起こした。

　性電気が止まったことで、佳蓮も口から手を離して「ふあああ……」と大きな吐息をこぼす。

　その隙に、大貴は身体の位置をズラして、彼女の秘部に顔を近づけようとした。

「あっ。ま、待ってください。その、わたしも、大貴さんのオチ×チンに……し、したいです」

　こちらの動きを制止した副会長が、ためらいがちにそう口にする。

　どうやら、ペニスへの奉仕をしたくなったらしい。あるいは、クンニリングスの気配を察して機先を制しに来たのか？

（佳蓮さんのフェラチオ……確かに魅力的な提案だけど、こっちもクンニをしようと思っていたからなぁ）

この欲望を中断して、フェラチオをしてもらうというのは、いささか辛いと言わざるを得ない。かと言って、せっかくの彼女のリクエストなのだから、これを尊重したいという気持ちもある。

（両方を、同時にできたら……あっ、そうだ！）

一つの方法を閃《ひらめ》いた大貴は、心の中で手を叩いて、それから口を開いた。

「だったら、シックスナインをしましょうか？　分かりますよね？」

「シックスナイン……し、知っていますけど、夫ともしたことがないです」

佳蓮が、やや不安そうな表情を見せる。

「そうなんですか？　でも、だったらちょうどいいんじゃないですか？　小説を書くときの、参考にもなるかもしれないし」

「小説の……あっ、そうですね。確かに、実際に経験すれば……」

大貴が思いつきで言った言葉に、彼女は意外なくらい真剣に食いついてきた。

どうやら、スランプ中の官能作家にとって、「小説の参考になる」というのは殺し文句に等しかったらしい。

「じゃあ、僕が仰向けになるんで、そしたら佳蓮さんがまたがってください」

と指示を出すと、彼女は少し緊張した表情で「はい」と頷いた。

(ああ、結美さんとしたときは、基本的には従う側だったから、自分で指示を出すのがなんだか新鮮だなぁ)

そんなことを思いつつ、大貴は身体を起こした佳蓮と入れ替わるようにベッドに仰向けに寝そべった。

すると、彼女がやや躊躇する様子を見せつつも、意を決したように顔の上に怖ず怖ずとまたがってくる。

(おおっ！　これが、佳蓮さんのオマ×コ……)

大貴は、目の前に広がった光景に感動を覚えていた。

結美としたときも、こんなアングルでは女性器を見ていない。

爆乳町内会長よりも明らかに使いこまれていないそこは、うっすらと恥毛に覆われており、秘裂がより一本筋に近い形状に近かった。とはいえ、ちゃんと蜜をしたためていて、牝の匂いも漂わせている。

こうして女性器を見ているだけで、牡の本能が刺激されて興奮がいっそう増す。

「ああ、本当にすごいオチ×チン……結美さんから聞いていたけど、近くで見るとこんなに大きいなんて……」

ペニスに顔を近づけた佳蓮が、驚いた様子でそんなことを口にした。

結美も言っていたことだが、どうやら大貴の分身は彼女の夫のモノと比較しても大きいらしい。そう悟ると、男としての自信がますます湧いてくる気がした。

「はぁ。こんなに大きいオチ×チン、お口に入れたら大変なことになりそうですぅ」

陶酔したようにそんな言葉を漏らしつつ、美人副会長が竿を優しく握る。

その遠慮がちな手つきが、爆乳町内会長に握られたときとは異なる心地よさをもたらしてくれる。

「それじゃあ、失礼しまぁす。まずは……レロ、レロ……」

と、佳蓮は怖ず怖ずと、しかし躊躇することなく亀頭に舌を這わせだした。

すると、先端部から得も言われぬ心地よさがもたらされて、大貴は思わず「くうっ」と声を漏らしてしまう。

「んっ。チロ、チロ……ピチャ、ピチャ……」

こちらの反応に構わず、彼女は先端からカリ、さらに竿へとやや遠慮がちに舌を這わせてきた。

（はううっ！　大胆な結美さんとは真逆の舌使いって感じだけど、これはこれで気持ちいい！）

下半身からもたらされる快感に酔いしれそうになったとき、口元にぽたりと液体がこぼれ落ちてきて、大貴は眼前でもどかしそうに左右に揺れている秘部のことを、ようやく思い出した。

(あっ、オマ×コから愛液が……フェラをしながら、佳蓮さんもかなり興奮しているんだな。って、シックスナインなんだから、僕もしてあげなきゃ。こっちから提案しておいて、忘れるところだったよ)

そう考えた大貴は、揺れる彼女の腰を摑んで動きを止めた。そして、自分の口に秘裂を引き寄せると、そこにしゃぶりつく。

それだけで、ペニスを舐めていた佳蓮が「ふやんっ!」と声をあげておとがいを反らす。

陰茎からの快感の注入が止まった隙を狙い、大貴はそのまま舌をヴァギナに這わせて、筋に沿って舐めだした。

「レロ、レロ……ピチャ、チロ……」

「ひあぁんっ! そこっ、あぁっ、感じてぇ! あんっ、夫もっ、んくうっ、口をつけたことっ、あううっ、ないのにぃ! んあっ、それぇ! あっ、きゃううっ! あっ、あぁっ……!」

美人副会長が喘ぎながら、そんなことを口走る。

どうやら、彼女の夫はクンニリングスをしたことがなかったらしい。秘部を舐めようとしたとき、逆にフェラチオを提案してきたのは、夫にもされたことのない行為への不安というのも、理由としてあったのかもしれない。

「レロロ……佳蓮さんも、僕のチ×ポにお願いします。舐めるのが難しいようなら、軽くでも咥えてもらえれば。歯を立てないように、気をつけてください」

いったん、口を離してそう指示を出すと、佳蓮が「はい」と応じた。そして、ペニスが温かなモノにジワジワと包まれていく感触と共に、得も言われぬ心地よさがもたらされる。

大貴の位置からはほぼ見えないが、彼女が肉棒を口に入れだしたのはそれだけで分かった。

しかし、人妻小説家は竿の半分を少し過ぎたあたりで、「んんっ」と苦しそうな声を漏らし、動きを止めてしまった。

(ここらへんが限界か？　まぁ、結美さんですら最初は全部入れられなかったんだし、半分ちょっとでも充分だろう)

大貴がそんなことを思っている間に、彼女は呼吸を整えて、ゆっくりとストロークを開始した。

「んっ……んじゅ……んじゅ……んむ……」

そうして、遠慮がちにしごかれると、分身から甘美な快電流が送り込まれてくる。

(ああ、気持ちよくて……おっと、こっちも佳蓮さんにしなきゃ)

と思い出した大貴は、再び彼女の秘裂に舌を這わせだした。

「レロ、レロ……ピチャ、チロ……」

「んんんっ！　んっ、んむっ……んんっ、んじゅっ……んむむ……」

たちまち、美人副会長のストロークが大きく乱れた。

しかし、そのイレギュラーな動きがかえって心地よさをもたらしてくれて、こちらの舌による愛撫も自然に不安定になってしまう。

(これが、シックスナインか。お互いに刺激し合って動きが乱れるから、予想外の気持ちよさが生まれるんだな)

そんなことを思いながら、大貴はさらに割れ目にしゃぶりつくように舌を動かし続けた。すると、奥から溢れる蜜の量が増してくる。

そこで大貴は、大陰唇に指をかけて割り開き、シェルピンクの媚肉を露わにすると、その場所に舌を這わせだした。

「んんんーっ！　んじゅっ、じゅぶるぅ！　んむううっ！　んんんっ……！」

人妻官能小説家のストロークが、いちだんと大きく乱れて、彼女が得ている快感の大きさがこちらにも伝わってくる。ただ、それだけ感じてもペニスから口を離そうとしないのは、さすがと言うべきだろうか？

（くうっ。愛液がますます増えて、舐めるのが追いつかないくらいだ。佳蓮さん、そろそろイキそうなのかな？　って、こっちももうすぐ限界だけど）

大貴が、そんな危機感を抱きだしたとき、佳蓮が陰茎を口から出した。

「んはああっ！　んっ。レロ、レロ……」

大きく息をついた彼女は、手で竿をしごきつつ、先端から溢れる先走りを少し乱暴に舐め取りだす。どうやら、カウパー氏腺液が出てきたことに気付いて、射精を促しやすい刺激に切り替えたらしい。

実際、こうして竿と敏感な先端部を同時に責められると、発射へのカウントダウンが早まってしまう。

（くっ。このままじゃ、先にイッちゃうぞ。こうなったら……）

と、大貴は割り開いた女性器の中で存在感を増していた肉豆に舌を這わせた。

「チロ、チロ……」

「んはあっ！　ピチャ、あんっ、レロ……」

性感帯を責められた佳蓮が、喘ぎ声を漏らしつつも懸命に奉仕を続ける。しかし、その舌の動きからはもはやリズムなど失われ、ただ先走りを舐めるので精一杯という感じになっている。

だが、それがむしろ射精感をより早める効果をもたらす。

（くうっ！　もう限界だ！）

そう察した途端、大貴は彼女の顔面に白濁のシャワーを浴びせつつ、クリトリスを舌先で思い切り押し込んでいた。

「ひああっ、熱いの、顔にいっぱいいぃぃ！　んはあああぁぁぁぁぁぁ!!」

ここまで、ギリギリで声を抑えていた佳蓮が、寝室に響き渡るようなエクスタシーの声を張りあげる。

同時に、彼女の股間から透明な液が噴き出して、大貴の口元に降り注いだ。

7

「ああ……潮まで吹いちゃってぇ……この匂い、感触もぉ……もう我慢できませぇん。早く、早くそのたくましいオチ×チンを、わたしにくださぁい」

顔の精を処理し終えた佳蓮が、陶酔した表情を浮かべながらそんなことを口にして、ベッドに仰向けになる。

どうやら、彼女は牝の本能にすっかり支配されてしまったらしい。

大貴のほうも、もはや二人目の人妻と関係を持つ罪悪感よりも挿入への欲求が勝っていて、素直に「はい」と頷くと彼女の脚の間に入り込んだ。

一発出した直後ながら、まったく硬度を失っていない一物を秘裂にあてがっただけで、美人副会長が「ああ……」と吐息のような声をこぼす。

大貴は、そのまま腰に力を入れて、彼女の中へと分身を押し込んだ。

「んはああっ！　入ってきましたぁ！　ああっ、これぇ！　はあああぁぁぁん‼」

挿入と同時に甲高い声をあげた佳蓮だったが、先端が奥に到達した途端に、大声をあげておとがいを反らした。そして、すぐに虚脱する。

「はああ……久しぶりにオチ×チンが入ってきてぇ……それに、こんなに大きいの初めてでぇ……わたし、挿れられただけでイッちゃいましたぁ」

恍惚《こうこつ》とした表情で、人妻小説家がそんなことを口にする。

こちらを受け入れてくれた時点で予想はついていたが、やはり彼女も夫と夜の営みがご無沙汰だったらしい。そのせいもあって、久々の挿入であっさり軽い絶頂を迎えてしまったようだ。

（しかし、軽くでもイッたあと、すぐに動いてもいいのかな？　落ち着くまで、待ったほうがいいような気もするけど……？）

大貴が、そんな迷いを抱いていると、

「大貴さぁん、もっとぉ。腰を動かして、わたしをもっと感じさせてくださぁい」

と、佳蓮が甘い声で求めてきた。

このように言われては、拒否する選択肢はあり得ない。

そこで大貴は、彼女の腰を摑むと、やや乱暴な抽送を開始した。

「はああっ！　あんっ、これぇ！　はうっ、本当にっ、ああっ、子宮までっ、あううっ、来てるぅ！　ひうっ、あああっ、しゅごっ！　ひうっ、あんっ……！」

こちらの動きに合わせて、美人副会長が悦びに満ちた喘ぎ声を寝室に響かせだした。

もはや、声を抑えることに気を回す余裕もなくなったのだろう。あるいは、既に一度大声を出してしまったため、もう開き直ったのか？

「はあっ、あんっ、これっ、ひううっ、しゅごしゅぎぃ！　ああっ、またっ、ひううっ、きちゃいますぅ！　はうぅぅぅん!!」

不意に、佳蓮がまたしてもエクスタシーの声を張りあげ、身体を強張らせた。

（おっと。またイッたのか？）

そう察した大貴は、いったん動きを止めた。

シックスナインと挿入時と、既に二度達しているため、彼女の肉体はかなり敏感になっているのかもしれない。

しかし、こうも簡単に女性が絶頂を迎えると、どうにもピストン運動にも躊躇せざるを得なかった。

（勝手に動いて、勝手に射精するんなら別に佳蓮さんがイッても関係ないけど、どうせなら一緒に気持ちよくなりたいし……）

と大貴は考えていたが、そのためには彼女とタイミングを合わせる必要がある。

「……あっ、そうだ。佳蓮さんが、上になってください」

結美との行為を思い出した大貴は、そう提案していた。

騎乗位ならば、女性が自分で動きをコントロールできるので、こういうときはいいだろう。

「えっ？　あの、それって……わたし、騎乗位はしたことがなくて……」

「へ？　そうなんですか？」

佳蓮の意外な告白に、大貴は思わず驚きの声をあげていた。

「その、夫が女性上位の体位を好まないもので……」

いささか気まずそうに、美人副会長が応じる。

前に聞いた話では、彼女の夫はとても真面目な性格だが、いささか思い込みが強すぎる傾向もあるらしい。おそらく、今どき珍しい「セックスは男がリードするもの」という固定観念を持っていて、騎乗位や座位のような女性上位の体位に抵抗感を抱いているのだろう。

ただ、クンニリングスをしていなかったことなど、いささか堅物過ぎるというか、「妻を悦ばせる」意識に欠けている気がしてならない。

「だったら、ちょうどいいじゃないですか。佳蓮さん、エッチな小説を書いているんだし、騎乗位も実際に経験しておけば役に立つんじゃないですか？」

大貴がそう言うと、佳蓮は少し迷ってから「そうですね」と首を縦に振った。

やはり、彼女は「小説の役に立つ」と考えると、恥ずかしさより好奇心や探究心が上回るらしい。まだデビューして日が浅いとはいえ、さすがプロ作家と言うべきか？

そこで大貴は、いったん分身を抜いてベッドに仰向けに寝そべった。すると、入れ替わって身体を起こした人妻官能小説家が腰にまたがってくる。

「そ、それでは、失礼します」

初めての体位だからか、彼女がやや緊張した面持《おもも》ちで愛液まみれの一物を握る。

それだけで、得も言われぬ心地よさと興奮が湧き上がってきたが、大貴はどうにか声を出すのを我慢した。

佳蓮は硬い表情のまま、自身の秘裂と亀頭の位置を合わせた。夫と十年以上の付き合いがあるそうで、セックス自体には慣れているのだろうが、自分で挿入するのは初めてということもあって緊張しているのが、こちらにも伝わってくる。

それでも間もなく、彼女は意を決したように腰を下ろしだした。

「んあぁっ！　はっ、入って……んくぅ！　きますぅ！」

少し苦しそうな声をこぼしながらも、美人副会長がさらに挿入を続ける。

そうして、とうとう二人の間が一分の隙もないくらいピッタリとくっついた途端、彼女は「んはああっ！」と甲高い声をあげてのけ反った。

おそらく、子宮を突き上げられて、また軽く達してしまったのだろう。

佳蓮は、全身を小刻みに震わせてから、前に倒れそうになった。が、すぐに大貴の腹に手をついて、どうにか上体を支える。

「ふあぁ……すごぉい。オチ×チン、子宮を押し上げてぇ……このまま動いたら、おかしくなっちゃいそうですぅ」

陶酔した表情を浮かべながら、人妻官能小説家がそんなことを口にする。

「それでも、自分でコントロールしながら腰を動かしてみてください」

大貴がそう促すと、彼女は「はい」と素直に応じた。そして、腹に手をついたまま腰を上下に小さく動かしだす。

「あっ、んっ、はあっ、オチ×チンッ、ああっ、先っぽがぁ！　はうっ、子宮っ、はうっ、ノックしてぇ！　ひあっ、あんっ、こんなのっ、あううっ、知らないぃぃ！　はうっ、あんっ……！」

と、美人副会長がたちまち甲高い喘ぎ声をこぼし始めた。

（くうっ。佳蓮さんの中、結美さんより吸いつきが強めだから、控えめな動きでもチ×ポがすごく刺激される！）

膣内の予想外の心地よさに、大貴は心の中で感嘆の声をあげていた。

もちろん、結美と比べると動きはぎこちなく、どこかおっかなびっくりという感じも拭えない。しかし、それがかえって男心をくすぐる気がしてならなかった。

何より、この体位だと女性が腰を振るたび乳房がタプタプと揺れるのを、下からじっくり鑑賞できるのだ。佳蓮のバストは、爆乳町内会長より控えめだが充分な大きさがあるため、上下動でしっかり揺れる。その光景を眺めるのも、なかなかに乙《おつ》なものだと言える。

「あっ、あんっ、いいっ！　あんっ、はああっ……！」

少しして、人妻小説家の動きが次第にリズミカルになってきた。おそらく、動くコツを摑んだのだろう。おかげで、肉茎への刺激も増す。

それに、いつの間にか彼女は声を抑えることも忘れたらしく、甲高い喘ぎ声を寝室に響かせていた。その声が、なんともエロティックに思えてならない。

そうして心地よさを堪能していると、腰に熱いモノが込み上げてくる。

「ううっ。佳蓮さん、もうすぐ出そうです」

リスクの心配がない結美ならばともかく、さすがに万が一を考えると中出しは避けたほうがいい気がして、大貴はそう声をかけて暗に抜くように求めた。

ところが、こちらの言葉を聞くなり、佳蓮は上体を倒して抱きついてきた。

「あんっ、わたしもっ、んはあっ、もうすぐぅ！　ああっ、このまあっ、んあっ、中にぃ！　ふあっ、くださぁい！」

と言うと、彼女はこれ以上の言葉を遮るように大貴の唇を奪う。

「んっ。んちゅ、んむ……」

美人副会長は、声を漏らしながら激しく唇を貪《むさぼ》り、腰を小刻みに動かし続けた。

こうなってしまうと、強引にどかしてペニスを抜くのも難しい。

(中出しはマズイって……くううっ！　き、気持ちよすぎて……ああっ、ヤバイ！　もう出る！)

たちまち限界を迎えた大貴は、堪えきれずに彼女の中に出来たての精を注ぎ込んだ。

「んんんっ！　んむうううぅぅぅぅぅぅぅぅ!!」

射精と同時に、佳蓮もキスをしたまま身体を強張らせ、くぐもった絶頂の声をこぼすのだった。

第三章　巨乳幼馴染みの媚肉に中出し告白

1

その日、B町では十四時から町内会主催の防犯パトロールが実施されていた。

B町に限らず、T市内の町内会では犯罪が起こりやすい夜間だけではなく、小学生の登下校時の見守りや防犯パトロール車による町内巡回を定期的に行なっている。しかし、今日はそうした日常のパトロールに加えて、徒歩で空き家に異常がないかの確認もすることになっていた。

そのため、大貴は佳蓮と共に、普段着の上に背中に「防犯パトロール中」と印刷された蛍光イエローのベストを着用し、地図などを入れたショルダーバッグを担いで歩いていた。

B町は古くからの住宅地だが、近年は再開発などで新しい住宅がかなり増えている。ただ、一方で何年も空き家になったままの家もある。その中には、相続人不明などの理由で放置されて久しい物件もあった。こうした住居は、不法侵入して勝手に住む人が出たり、不法投棄物の溜まり場になったり、野生動物の住み家になったりして、周辺環境の悪化に繋がる可能性がある。

そのため、B町の町内会では二ヶ月に一回、防犯パトロールの際に空き家を簡単にチェックしているのだ。もちろん、パトロールしている姿をあえて見せて、不審者を牽制するのも大事な仕事なのだが。

(それにしても、まさか佳蓮さんとペアになるなんて……)

官能小説家の副会長と肩を並べて歩きながら、今さらながらそんな思いが大貴の脳裏をよぎった。

町内会の役員は、パトロール時にはバラバラに配置されるのが普通である。しかし、今回は参加者の年齢層がやけに高く、徒歩で町内全域をパトロールできる年代が町内会役員の三人しかいなかったのだ。

そうかと言って、会長の結美は地域センターの研修室に設けられた本部で、全体の統括をしなくてはならない。したがって、この組み合わせはやむを得なかった、と頭では理解していた。ただ、数日前に肉体関係を持った相手とこうして二人きりで歩いていると、どうにも気持ちが落ち着かない。

「大貴さん？　大丈夫ですか？」

と、佳蓮が心配そうに訊いてきた。

おかげで、ついつい物思いに耽っていた大貴も、ようやく我に返る。

「あっ……と。その、大丈夫です。ちょっと、考えごとをしていただけで」

「考えごと？　あっ……もしかして？　もう、大貴さんってば……」

こちらの言葉の意味に気付いたらしく、佳蓮がそう言って頬を少し赤くし、目をそらして歩みを速める。

その態度を見るだけで、彼女のほうも大貴をかなり意識していることは、充分すぎるくらいに伝わってきた。

関係を持って以降、人妻副会長はそれ以前よりも親しげに、また積極的に大貴と話をするようになっていた。もちろん、内向的な性格が完全に治ったわけではないものの、こうして普通に話ができるだけでも、大きな進歩と言えるだろう。

（それにしても、まさか佳蓮さんも旦那さんとセックスレスだったなんてなぁ……）

彼女の後ろ姿を追いかけながら、大貴はあの日、行為のあとに聞かされた事情を思い返していた。

佳蓮と夫は、高校時代からの付き合いで、お互い初めて同士で他の異性を知らないまま交際を続け、四年前に結婚してB町に引っ越してきたそうである。

それだけ思い合って結婚したのなら、子供ができなくても毎日ラブラブになるのではないか、と大貴などは思ってしまうのだが、彼女の夫はそうではなかった。もともと生真面目すぎる性格だからか、それとも子作りにあまり興味がなかったのか、結婚後は愛する妻を養うためと、仕事によりいっそう気持ちを傾けてしまったらしい。

一方、実は初体験以前から性行為に興味を持っていながら控えめな性格の佳蓮は、セックスの快感をもっと味わいたい、と思いつつも自ら夫に求めることもできず、悶々とした日々を過ごしていた。

そんなある日、ネットサーフィン中にたまたま官能小説を見かけたそうである。そして、昔から文章を書くのが得意だったこともあり、「わたしも書いてみよう」と思い立って、「恋花」のペンネームで小説を投稿するようになったらしい。

頭の中のエロ妄想を文章として吐き出すのはとても楽しく、小説を書き出してからは鬱屈《うっくつ》していた毎日に張り合いが生まれたそうだ。

それから一年ほど経ったとき、佳蓮の作品を読んだ今の担当編集者から連絡をもらい、リライトに苦戦したものの、遂に彼女はプロ作家デビューを果たしたのである。

夫が妻のために懸命に働いて、それ故に欲求不満になった彼女が官能小説を書くようになりプロにまでなったというのは、ある意味で皮肉と言えるかもしれない。

しかし、「プロ」というプレッシャーのせいか、佳蓮の妄想は次第に上手く働かなくなってしまい、完全オリジナルを求められた三作目は、アイデア段階から大苦戦していた。そうして行き詰まっていたときに、友人の結美の推薦で町内会の副会長をすることになり、大貴と出会ったのである。

その後、会長と庶務の関係の変化を察した際、ずっと噛み合っていない感じだった妄想の歯車が、ようやくまともに回転しだした。

同時に、友人が絶賛する大貴のペニスに対し、作家的な好奇心と牝の本能による疼《うず》きを感じるようになった。だが、さすがに夫以外の男性を求めることは佳蓮の性格では難しく、悶々としていた矢先に海老沼との一件が起きて、通りかかった大貴に助けられたのである。

そのとき、佳蓮の中でとうとう不倫の罪悪感よりも、自らの欲求を満たすことが上回ったのだった。

（海老沼さんの件があったあとなのに、こうして佳蓮さんが町内会の仕事を普通にや

っているのは、僕とセックスしたっていうのもあるけど、それで小説のネタが思いついたかららしいんだよな）

彼女の本来の性格を鑑《かんが》みれば、「町内会の副会長だから」という理由であんな目に遭《あ》ったら、辞任を申し出てもおかしくなかっただろう。ところが、その直後に上書きするように大貴と肌を重ねられた。しかも、人妻官能小説家は「おかげで新作のアイデアが閃きました」と、なんとも嬉しそうに語ったのである。

どんな話にするのかは、さすがに「まだ取っかかりが閃いただけだし、ボツになるかもしれないから」と言われて、教えてもらえなかったのだが。

（とにかく、佳蓮さんがポジティブになって町内会を続けてくれるのは、結美さんはもちろん僕にとってもありがたいけど）

そんなことを思いつつ、大貴は事前に渡されていた地図を見ながら、佳蓮と共に空き家の確認をしていった。もっとも、大半は基本的には塀の外側から見て、窓が割れていたり倒木があったり、といった異常がないかをチェックするだけなのだが。

そうして、数軒を見たあと二人が到着したのは、通常の住宅なら軽く二十軒以上建ちそうな広い庭のある屋敷だった。

ここには、かつて大地主が住んでいたのだが、相続トラブルなどで十年前から空き家になったまま放置されている。

屋敷の敷地は、高さ三メートル近い塀に囲まれており、外側からチェックできるのは正門のロートアイアンの門扉から見える範囲だけだ。しかし、この規模の邸宅を誰の管理もなしに完全放置するのは、周辺環境の面からも問題がある。そのため、許可を得た上で町内会で門扉の鍵を預かり、防犯パトロールの際に建物や庭を確認していた。もっとも、野生動物の駆除などはできないので、あくまでも異常があった場合に市役所や権利者たちに報告するだけなのだが。

大貴は、ショルダーバッグから出した鍵を使って門扉を開けた。そして、佳蓮と共に中に入る。

「うわ、これは……」

敷地内に足を踏み入れた途端、大貴は思わずそう口にして立ち尽くした。

外から見た時点で、ある程度は分かったつもりでいたが、こうして中に入ってみると雰囲気が一気に不気味になる。

とにかく、剪定されずにいた木々で頭上が覆われて薄暗い上、この時期になっても残っている雑草も伸び放題で、玄関に続く通路もタイルなどが草でめくれ上がってすっかり凸凹になっていた。

それに加えて、動物や鳥の鳴き声も聞こえてくるため、別世界のジャングルにでも迷い込んだような、なんとも不穏な気持ちを抱かずにはいられない。

すると、不意に腕に柔らかな感触が押し当てられた。

目を向けると、不安そうな表情の佳蓮が大貴に身体を寄せて、腕にすがりつくようにしていた。

どうやら、彼女もこの場所の不気味さに、恐怖心を抱いているらしい。

「あっ……その、すみません、大貴さん。でも、なんだか……」

「いえ、気持ちは分かるんで……とにかく、ここは建物の周囲を確認することになっているんで、それだけさっさとやっちゃいましょう」

腕にしがみついたままの佳蓮の謝罪に、なんとか平静を装って応じながら、大貴はそのまま先に進みだした。

ただ、数日前に肉体関係を持った相手にこうして身体を寄せられ、服越しとはいえ体温や胸の柔らかさを感じていると、気持ちが昂るのを抑えられなくなってしまいそうになる。

それでも、大貴はどうにか屋敷の前に行って、そこから時計回りに周囲をチェックしだした。

「えっと、窓は雨戸が閉まったままだから問題はなし、と。けど、壁の蔦《つた》がけっこう伸びているな。これ、写真に撮っておいたほうがいいかも？　どう思います？」

と、美人副会長に目をやったが、彼女は大貴の腕にしがみついたまま小さく震えており、建物の確認など頭にない様子である。

「佳蓮さん、大丈夫ですか？」

「あ、あんまり……わたし、お化け屋敷なんかも苦手で……」

大貴の問いかけに、佳蓮がビクビクしながら応じる。

おそらく、豊かな想像力が災いしているのだろうが、彼女にここのチェックはいささか荷が重かったのかもしれない。

ただ、そんな年上の彼女の姿に、ついつい「守ってあげたい」という庇護欲が掻き立てられ、併せてムラムラした思いが湧き上がってきてしまう。

それでも、大貴はどうにか妙な気持ちを押し殺し、写真を撮影してから先に進んだ。

そうして二人が建物の裏に回ったとき、不意に「キュイー！　ギャッギャッ！」という甲高い動物の声が複数響き、さらに何かが転がるような音がして、同時に無数の鳥がバサバサと羽音を立てて飛び立った。

「うおっ。ビックリした」

急なことに、大貴も足を止めてついそう口走っていた。

おそらく、ハクビシンあたりの動物が喧嘩でもしたのだろう。

ただ、大貴ですら声に驚いたのだから、怖いものが苦手な女性が平気なはずがない。

目を向けてみると、佳蓮は悲鳴こそあげなかったものの、目を閉じて大貴にいっそうキツくしがみついて震えていた。ここまで足がすくんでいては、こちらも身動きの取りようがない。

しかし、同時にこれだけ密着されると、その温もりや胸の弾力もよりはっきりと分かるようになる。ましてや、一度は生で堪能しているモノなのだ。

おかげで、ここまでどうにか抑えていた欲望が、一気にふくれ上がってきてしまう。

とうとう我慢できなくなって、大貴は彼女をいったん振り払うように引き剝がし、それから力一杯抱きしめた。

すると、さすがに佳蓮が「あっ」と声をあげ、身体を強張らせた。

彼女は百六十八センチと、大貴と七センチしか背丈が違わないので、こうするとほぼ胸同士が重なる。また、こちらの口もいい案配に耳の近くに来る。

「こうしたほうが、落ち着くんじゃないですか？」

興奮を押し殺した声で、耳元で囁くように言うと、副会長が身体を小さく震わせて、それから小さく頷いた。

もっとも、こうして彼女の温もりや匂いを感じていると、こちらは落ち着くよりもますます劣情が湧き上がってくるのを抑えられないのだが。

「あっ……大貴さんがドキドキしているの、はっきり分かりますぅ」

「実際、そのとおりなんで……佳蓮さんだって、ドキドキしていますよね？」

人妻官能小説家の指摘に、大貴は恥ずかしさを堪えながらそう反論していた。

すると、彼女は「はい」と小声で応じ、こちらに体重を預けてくる。

そうしてしばらく抱き合っていると、佳蓮が少しためらってから口を開いた。

「あの、ちょうど休憩時間ですし、ここでこのまま……」

美人副会長が何を求めているかは、すべて聞かなくても容易に想像がつく。どうやら、彼女も己の性欲を抑えられなくなってしまったらしい。

もちろん、場所が場所ではある。しかし、だからこそ恐怖心を快楽で紛《まぎ》らわせたい、という思いもあるのかもしれない。

それに、確かにこの時間は休憩に入っていいタイミングである。

さほど長い時間は取れないが、軽く一回戦を行なう程度は問題あるまい。しかも、誰かが来る心配もほぼないのだ。

青姦《あおかん》をしたことなどなかったが、屋外で行為をするのだと意識すると、それだけで屋内とは異なる興奮が込み上げてくる。

特に、前回はリビングでの行為すら拒んだ女性が、外で求めてきたのだ。

情欲に支配された大貴は、いったん人妻小説家から身体を離すと、昂るままに彼女の唇に自分の唇を重ねるのだった。

2

「レロ、レロ……」

「んあっ、あんっ、それぇ……んんっ、ふあっ……」

大貴の舌の動きに合わせて、木に寄りかかった佳蓮の口から抑え気味の甘い声がこぼれ出る。

今、大貴は防犯ベストを脱がし、服とブラジャーをめくって露出した彼女の乳首を舐め回していた。

「んはっ、ああっ！　あんっ、声っ、んんっ……ああっ、んふうっ……」

人妻官能小説家は、外での行為ということもあるのか、懸命に声を殺していた。が、敏感な部位を愛撫されているため、時折、甲高い声をこぼしてしまう。

そんな姿が、かえって男心をくすぐってやまなかった。

大貴は、乳頭を舐めながら手を下半身に伸ばした。そして、スカートをたくし上げて股間に触れる。

それだけで、佳蓮が「ひあっ！」と素っ頓狂な声をあげ、おとがいを反らした。

(少し、湿ってきたかな？)

と確認して、いったん乳首から口を離す。

「佳蓮さん？　着替えがないし、パンツを脱がしちゃいますよ？」

「んあ……あ、は、はい。そうですね」

快感に浸っていた美人副会長が、我に返ってそう応じる。

そこで大貴は、いったんしゃがんで改めてスカートをめくると、地味な白いショーツを露出させた。そして、両手でそれを引き下げて、靴に気をつけつつ足から抜き取り、先に地面に置いていた防犯ベストに載せる。

さらに大貴は、再び乳首にしゃぶりつくと、またスカートをたくし上げて下半身への愛撫を開始した。

「はうんっ、二ヶ所ぉ！　んんっ、あんっ、んむっ、んはあっ……！」

佳蓮が、たちまち艶めかしく喘ぎだす。ただ、どうにか抑えようとしているものの、大きめの声がしばしばこぼれ出てしまう。

また、愛撫に合わせて秘裂から一気に蜜が溢れ出てきたのが、指からの感触ではっきりと分かった。

(佳蓮さんも、外ですることに興奮しているのかな?)

ここは広い敷地の家の裏側で、しかも木々が生い茂っているため、声が敷地外まで聞こえることは、そうそうないはずだ。しかし、閑静な環境だからこそ、意外に響いてしまう可能性はある。

ただ、そんな際《きわ》どさが彼女の興奮にすり替わっているのだろう。

もっとも、それは大貴のほうも同じだった。

外での行為は初めてなので、室内でするのとは異なる背徳感とスリルを感じている。ところが、それが奇妙な興奮に繋がり、可憐な副会長を求める本能が刺激されるのだ。

「ああっ、んっ、だっ、あんっ、大貴さんっ……あうっ、わたしぃ、んああっ、もう……んふうっ、欲しいですぅ」

間もなく、佳蓮が喘ぎながらそう求めてきた。

実際、指で触れている秘裂からは蜜がしとどに溢れ、充分に準備ができていることが伝わってくる。

そこで大貴は、いったん彼女から身体を離した。そして、愛液まみれの指をティッシュで拭《ふ》いてから靴を脱ぎ、ズボンとパンツを脱ぎ捨てて限界まで勃起した分身を露わにする。

そうして下半身を丸出しにすると、さすがに空気の冷たさを感じて思わず身震いしてしまう。

一方の人妻官能小説家は、ウットリした表情でいきり立った肉棒を見つめていた。

「やっぱり、すごく大きい……早く、そのオチ×チンが欲しいですぅ。大貴さんのオチ×チンを知ってから、夫としたいとちっとも思わなくなってぇ……あそこが、オマ×コが切なくて仕方がないんですぅ」

潤《うる》んだ目でこのようなことを言われたら、男として我慢などできるはずがない。

大貴は、靴を履き直して立ち上がると、そのまま陰茎を彼女の秘裂にあてがった。

「えっ、大貴さん？　もしかして、立ったまま？」

こちらの行動に、さすがに佳蓮が困惑した表情で訊いてくる。

「はい。旦那さんと、この体位でしたことはありますか？」

「いいえ、ちっとも……」

「じゃあ、これも小説の参考になるんじゃないですか？」

その言葉に、彼女は「あっ、そうですね」とあっさり頷く。

そこで大貴は、腰を持ち上げるようにして挿入を開始した。

「んああっ！　入ってっ、はううっ、きましたぁ！」

と、ここまで声をどうにか殺していた美人副会長が、甲高い悦びの声を響かせる。

そうして奥まで挿《い》れると、大貴は彼女の腰を掴んで抽送を開始した。

「あっ、あんっ、んっ、はうっ、んんっ……あうっ、はあっ……！」

たちまち、佳蓮が嬉しそうに喘ぎだす。

何度かピストン運動をすると、大貴はいったん動きを止めた。それから、彼女の片足を持ち上げ、腰の動きを再開する。

「あううっ！　ますます奥にぃ！　ああっ、脚っ、広がってぇ！　はううっ、恥ずかしいっ……あんっ、けどぉ！　はううっ、すごくっ、ひゃうっ、興奮しますぅ！　あんっ、はああっ……！」

声を抑えきれなくなった人妻小説家が、喘ぎながらそんなことを口にする。

そうして、彼女は大貴の首に手を回して身体を押しつけてきた。おかげで、バストの感触を味わいながら抽送できるようになる。

「あんっ、これぇ！　んはっ、子宮にっ、はあっ、来てっ、はううっ、すごいですぅ！　あんっ、ああっ……！」

そんな佳蓮の甘い喘ぎ声を耳元で聞いていると、大貴のほうもいっそうの興奮を覚えてしまう。

すると、先に一発も出していなかったせいで、たちまち射精感が込み上げてきた。

我ながらかなり早い気はしたが、休憩時間の秘事ということを思えば、むしろ好都合かもしれない。

そう考えて、ピストン運動をより荒々しくする。

「はああっ！　大貴さんっ、んあああっ、イキそうっ、あんっ、なんですねっ？　はううっ、わたしもっ、んあっ、もうすぐぅ！　ああんっ、一緒にっ、はううんっ、キスをしながらぁ！」

と、人妻小説家が切羽詰まった声で求めてきた。

おそらく、絶頂の大声を我慢できる自信がないのだろう。

彼女の気持ちを察した大貴は、すぐに唇を重ねてそのまま腰の動きを速めた。

「んんっ！　んっ、んっ、んむう！　んじゅぶ……んんんんんんんんんんんんんんっ‼」

間もなく、佳蓮がくぐもった声をあげて身体を強張らせる。

同時に膣肉が妖しく蠢《うごめ》き、そこで限界を迎えた大貴は、彼女の中にスペルマを大量に注ぎ込んでいた。

3

ある土曜日の夜、大貴は夕方から地域センターの事務室の一角で、ノートパソコンを広げていた。

というのも、明後日の朝までに市役所に提出しなければならない資料があったことが、役所からの電話で今さらながらに判明したのである。おそらく、経験のある役員がいれば見落とさなかったのだろうから、ここらへんは新人役員ばかり故の失敗と言えるかもしれない。

とにかく、明日の日曜日が地域センターの休館日で、しかもセキュリティの都合で自宅での作業ができない以上、今日中に大貴がセンターのパソコンで資料を作って市役所に送信するしかないのである。

ただ、研修室はとあるサークルが夜まで使用していたため、大貴はいつものノートパソコンを借りて、事務室で作業をさせてもらっているのだった。

（この量の作業を、結美さんや佳蓮さんに任せたら、今日中に終わらせるなんて無理だっただろうな。それに、今のあの二人に分担するよりは、僕一人でやったほうが絶対に早いし）

　とはいえ、三歳上の幼馴染みと同じスペースで仕事をするのは、なかなかに緊張を強《し》いられる。何しろ、大貴は彼女のことを思いながらも情欲に負けて、町内会の会長と副会長と複数回の関係を持ってしまったのだ。今は、なんとか素知らぬ顔を貫いているものの、どうしても後ろめたさが拭えずにいる。

　もっとも、彩香のほうもさすがに業務時間中に話しかけてこなかったので、その意味ではありがたかったのだが。

　そんなことを思いながら、大貴はひたすら資料作りを進めていた。

　ちなみに、その日は地域センターを二十時以降に使用するところがなく、職員は全員が早めに帰れるはずだった。だが、大貴が残っている以上は誰かが残る必要がある。

　そんなとき、彩香が「あたしが戸締まりをします」と申し出た。そして、事務室以外の照明がすべて消され、センター長ら他の職員は帰って現在に至っている。

（誰もいなくなった地域センターで、彩香姉ちゃんと二人きり……）

　今さらながら、そう意識すると胸の高鳴りを禁じ得ない。

（いやいや。今は、こっちの作業に集中だ！）

どうにか邪な思いを振り払って、大貴はやるべきことに専念した。

彩香のほうも、こちらの邪魔をしてはいけないと思っているのか、話しかけてこようともせず、自席のパソコンに向かって何やら作業をしている。

そうして、二十一時前にようやく必要な資料が完成した。

全体を見直して、間違いがないのを確認してから、T市のサーバーの指定されたところにデータをアップする。これで、市役所の担当者が週明けの月曜日に登庁したとき、すぐに閲覧できるはずだ。

「やれやれ、やっと終わった……ふぃ〜」

と、大貴は安堵で大きな吐息をついて伸びをした。

「大ちゃん、お疲れさま」

パソコンに向かっていた彩香が、顔を上げて声をかけてくる。

「彩香姉ちゃん……ゴメンね、僕のために残業させちゃって」

「ああ、うん、平気。交代制だけど、利用者がいればまだ仕事をしていることがある時間だもん」

「そう……だね。それにしても、地域センターの職員って遅くまで大変じゃない？

普通に市役所で働いていたら、ここまで遅くはなることは滅多にないだろうし」

「まぁね。でも、夜が遅いのは毎日ってわけじゃないし、B町のために働くことがあたしの夢だったから、今はすごく充実しているよ」

大貴の言葉にそう応じて、彩香が笑顔を見せる。

(へぇ。彩香姉ちゃん、そんなにここが好きだったんだ……)

再会するまでのほぼ十年間、縁が切れた状態になっていただけに、大貴は彼女の意外な地元愛の深さに内心で驚きを隠せずにいた。

もちろん、B町は生まれ育った場所なので大貴も思い入れはある。しかし、一度は東京で就職したように、特段のこだわりも持っていなかった。退職して戻ってきたのも、フリーのシステムエンジニアは収入が不安定なので、実家暮らしで支出を少しでも減らしたい、という打算からである。

もっとも、おかげで彩香と再会し、結美と佳蓮と深い仲になれたのだ。ここに帰らなかったら、きっと未だに童貞のまま日々の仕事に追われていたことだろう。

ただ、そんなことを思うと、大貴は幼馴染みと二人きりという胸の高鳴りと同時に、なんとも言えない心苦しさを抱かずにはいられなかった。

(やっぱり、僕は彩香姉ちゃんのことが好きだ。それなのに、結美さんと佳蓮さんと何度もエッチしちゃって……）

もちろん、彩香とは交際しているわけではないので、大貴が誰と関係を持とうと彼女から責められる筋合いはない。肌を重ねたのが町内会役員で人妻だ、という問題はあるものの、それはこの際、些事《さじ》と言えるだろう。

とにかく、心惹かれる相手が間近にいながら、欲望に負けて他の女性に手を出したという事実に、大貴は今さらのように罪悪感が湧いてくるのを抑えられなかった。

そんな心境になると、彼女と目を合わせるのも辛くなってくる。

彩香のほうも、何やら言いたげにしながらも、言葉が続かず俯いてしまう。

おかげで、どうにも気まずい雰囲気が二人の間に流れた。

「えっと……じゃあ、作業も終わったし、僕はそろそろ……」

いたたまれない気持ちになって、大貴がそう口にしかけたとき。

「だ、大ちゃん！　あの、訊きたいことがあるんだけど？」

と、彩香が意を決したように顔を上げて切りだした。

「訊きたいこと？」

「うん。その……白須さんと雨宮さんのこと、なんだけど……」

彼女の口から、結美と佳蓮の名前が出てきた途端、大貴の心臓が大きく飛び跳ねる。

「えっ？　えっと、二人がどうかした？」

大貴が、どうにか動揺を押し殺しながら問いかけると、幼馴染みは少し言い淀んでから言葉を続けた。

「えっとさ……大ちゃんって、あの二人と付き合っているのかな？」

「ほえ？　ど、どうしてそんなことを？」

「だって、ここ最近、大ちゃんと白須さんと雨宮さん、すごく親しそうにしているし。なんて言うか、町内会の仲間以上の深い仲になったみたいで……」

（あ、彩香姉ちゃん、なかなか鋭い……）

その観察眼に、大貴は驚愕の思いを禁じ得なかった。

もっとも、今は結美のみならず佳蓮もやけにベタベタしてきている、と自身も感じていたので、少し見ていれば気付くのかもしれないが。

「いや、その……二人とは、そういうのじゃ……」

大貴は口ごもりながら、彼女から目をそらしていた。

どうにか誤魔化したかったものの、関係を持っているのは事実なだけに、適切な言い訳の言葉がさっぱり思い浮かばない。

すると、彩香が呆《あき》れたようにため息をついた。

「はぁ。大ちゃんって嘘をつくとき、昔から必ず左下に目をそらすよね？　気付いてる？」

「えっ？　そ、そう？」

彼女の指摘に、大貴は困惑を禁じ得なかった。

確かに、嘘をつくときに相手と目を合わせていられない、という自覚はあった。しかし、その向きにまで癖があるとは今の今まで知らなかったことである。

逆に言えば、十年以上まともに会っていなかった大貴の癖を、未だに覚えていた幼馴染みを褒めるべきかもしれないが。

「もう。分かってるの、大ちゃん？　二人とも、人妻なんだよ？　それに、一人とだって問題なのに、二人同時になんて……大ちゃんが、そんな不誠実なことをするなんて思わなかったよ」

彩香が、責めるような口調で言った。どうやら、大貴が二股をかけていると思っているらしい。

「いや、その、結果的にはそんな感じになっちゃったけど、僕も本当はそのつもりはなくて……」

「じゃあ、どういうつもりだったの？」

こちらの言い訳を遮るようにして、ジト目になった幼馴染みが怒気を含んだ声で問いかけてくる。この口調から考えて、お茶を濁して済ます気はないようだ。

(こ、これは……彩香姉ちゃん相手に、これ以上は誤魔化すのなんて無理だな。素直に話したほうが、ダメージは少なそうだ)

事情を説明して、彼女が納得するかは分からない。もしかしたら、呆れて絶縁されてしまうかもしれない。だが、嘘をつき続けるのが難しい以上、最終的にどうなるにせよ正直に打ち明けるのが、今考えられる最善手だろう。

そう判断した大貴は、「実は……」と結美と佳蓮と関係を持つに至った経緯を、二人のセックスレスの話や、佳蓮が小説家だということも含めて、大まかに説明した。

「……はぁ。そういうことだったんだ。まさか、白須さんが雨宮さんをそそのかしていたなんて……それに、あの雨宮さんが官能小説を……」

話を聞き終えた彩香が、なんとも複雑そうな表情を浮かべながら、そんなことを口にした。

さすがに、先に大貴と関係を持った町内会長が、友人で小説家の副会長にも浮気を促していたというのは想定外だったらしい。とはいえ、こちらが関係を伏せたまま二股をかけている、という誤解は解けたようだ。

「それで、大ちゃんはこれからどうする気なの？　二人とも人妻なんだから、本気で付き合う気だったら、離婚とか色々あるんだよ？」

と、彩香が今度は心配そうに訊いてくる。

「それは……僕は、そこまで……多分、二人のほうも、そこまで僕に本気じゃないと思う。セフレ感覚じゃないかな？」

「そうなの？　でも、大ちゃんのほうは、その、都合よく性欲を発散するだけの相手、みたいな立場でいいの？　あの二人のどっちかと、えっと……し、真剣に恋愛する気はないわけ？」

憧れの幼馴染みから、なんとも辛そうにこう問われると、さすがに胸が痛くなるのを禁じ得ない。

同時に、大貴は今まで抑え込んでいた気持ちが、胸の奥から溢れてくるのを押しとどめられなくなってしまった。

このタイミングを逃したら、もう自分の本心を打ち明けるチャンスは巡ってこない気がする。

「僕、本当はずっと、彩香姉ちゃんと付き合いたかったんだよ！　真剣に恋愛するなら、彩香姉ちゃんがいい！」

とうとう我慢できなくなった大貴は、叫ぶように思いの丈をぶちまけていた。

するると、彩香が目を丸くして驚きの表情を浮かべる。

「あ、あたし？　えっ？　あ、ちょっと待って。それって、大ちゃんがあたしを好きってこと？」

意外なくらい動揺した様子で、彼女がそんなことを言う。

「そうだよ！　僕は、子供の頃から彩香姉ちゃんだけを見ていたんだ！」

「ええっ!?　だけど、大ちゃんって中学の頃に、他の子と交際していたんじゃないの？」

「へっ？　いないよ、そんな相手」

困惑した表情の彩香から予想外の指摘を受けて、今度は大貴が素っ頓狂な声をあげていた。

実際、中学時代を含めて恋人などいなかったので、幼馴染みがどうしてこのような勘違いをしているのか、さっぱり分からない。

「えっ？　でも、あたしが高二だったから、大ちゃんが中二のときだけど、休日に女の子と一緒に出かけているのを見たことがあるよ？」

そう言われて、懸命に記憶の糸をたぐり寄せる。

「中二の……ああ、それって同じクラスの子だね。僕がパソコン部だから、パソコン好きのお兄さんの誕生日プレゼント選びに付き合ってくれって頼まれて、一緒に家電量販店に行ったんだ。結局、当時お兄さんがハマッていたっていうアニメのキャラクターがデザインされたＵＳＢメモリを買ったんだっけ。だけど、そのあとはほとんど付き合いがなかったよ。中三でクラスが変わってからは、話もしなくなったし」

他に思い当たる出来事はないので、彩香が目撃したのはそのときのことで間違いあるまい。

大貴としては、彩香以外の女子にあまり免疫がなかったため、正直なところ気が進まなかった。だが、「こういうことで頼れるのは、内山くんしかいない」と言われれば強く拒むのも気が引けて、プレゼント選びに付き合ったのである。

しかし、その後は何度か雑談をしたくらいで、クラス替えで自然に縁が切れたのだった。

彼女は、明るく誰とでも気さくに話せるタイプだったので、買い物の最中も含め行き帰りもあれこれと話しかけてきた。もっとも、今となってはどんな話をしたかすら、まるっきり覚えていないのだが。

それにしても、こちらはまったく気付いていなかったものの、まさかあの場面を彩香に目撃されて、しかもデートと誤解されていたとは、思いもよらなかったことだ。

「そういうこと……中学生とか高校生になって、生活リズムが合わなくなったのもあるけど、大ちゃんにはあたし以外の好きな人がいるんだって……だから、あんまり会わないようにしたほうがいいって思って……」

と、彩香が落ち込んだ様子で言う。

おそらく、十年に亘る勘違いが判明して、複雑な心境になっているのだろう。

大貴としても、そんな彼女にどう声をかけていいか分からず、沈黙するしかない。

だが、そうして黙りこんでいると、今さらのように幼馴染みが発した言葉への疑念が湧いてくる。

「ん？　『あたし以外の好きな人』って……？」

大貴は、つい疑問を口に出していた。

こちらを単なる弟のように思っていたのなら、このようには考えないはずだ。それくらいは、恋愛経験に乏しい人間にも容易に想像がつく。

改めて彩香を見ると、彼女は顔を真っ赤にして俯いていた。大貴の疑問を聞いて、自分が発した言葉の意味にようやく気付いたらしい。

「えっと……じゃあ、もしかして彩香姉ちゃんも、ずっと僕のことを？」

と、恐る恐る問いかけると、三歳上の幼馴染みが恥ずかしそうに小さく頷いた。

(ま、マジ!? ほ、本当に、彩香姉ちゃんが僕のことを昔から好きだったのか!?)

大貴は、喜びよりも驚きを大きく感じずにはいられなかった。

今となっては記憶がいささか曖昧だが、疎遠になる直前も彩香の態度は昔とあまり変わらなかったはずである。いや、彼女の態度が親しい弟のような存在に接するものから好きな異性に対するものに変化していたとしても、当時の大貴に判断がついたかと言えば怪しい気はするのだが。

しかし、そうなると新たな疑問が湧いてくる。

「でも、だったらどうして、市の職員になったこととか、母さんに黙っているように頼んだのさ?」

「それは、その……中学時代の子じゃないにしても、大ちゃんにあたし以外の好きな人がいるならお邪魔になっちゃうかな、と思って……それにあたし、大ちゃんのことを吹っ切ろうと思って、大学一年のときに入ったサークルの一学年上の先輩と……」

こちらの問いに、ある程度まで答えた彩香が、途中で言い淀む。

しかし、それだけで彼女が何をしたのかは容易に想像がつく。

「その人とは、いつまで?」

「えっと……付き合って半年くらいで、向こうの二股が分かって別れちゃった。それからは、男の人と付き合う気にならなくてさ……」

「そうだったんだ……」

彩香が大貴の二股疑惑に憤りを見せたのは、単に不誠実というだけでなく、自身の経験があったからのようである。

そして、美冬に自分のことを黙っているよう頼んだのは、おそらく大貴への遠慮の気持ちと、他の男に処女を捧げた罪悪感のような感情が、綯《な》い交ぜになっていたからなのだろう。

逆に言えば、彼女は未だにこちらにそれだけの思いを寄せてくれている、ということになるのではないか？

そう分かると、胸が熱くなってくるのを抑えられなかった。

(でも、それなら中二のときにちゃんと訊いてくれれば……って、僕のほうもなんか遠慮して、電話とかメールもしなかったからな。彩香姉ちゃんだけのせい、というわけじゃないか)

結局、恋愛に奥手な者同士が互いに遠慮するあまり、十年以上もすれ違いを続けていた、ということになるのだろう。

（もっと早く、お互いの誤解に気付いていれば……いや、でもそうしたら僕はパソコン部に入っていなかっただろうし……）

大貴が、中学でパソコン部に入ったのは、彩香が中学に進学してほとんど会えなくなった寂しさから、パソコンでゲームを遊ぶようになったのがキッカケだった。その後、ゲーム作りに興味を持ち、中学に入学してからパソコン部に入り、ゲーム以外のプログラミング全般に興味を抱くようになったのである。

つまり、もしも初期の時点で彩香と思いを通わせていたら、大貴がパソコンにのめり込んでプログラミングに興味を持つこともなかったに違いない。その場合、自分がいったいどんな仕事に就いていたのか、今となってはまるで想像がつかない。

まったく、運命の歯車というものは、どこでどう噛み合っているのか分からないものだ。

大貴がそんなことを考えていると、少し迷う素振りを見せていた幼馴染みが、ようやく意を決したようにこちらを見た。

「大ちゃん、あたしとも今、エッチして！」

「ええっ？　い、いいの？　僕は、結美さんと佳蓮さんと……」

突然の彩香の申し出に、大貴は困惑の声をあげていた。

「うん。でも……大ちゃん、言いづらいことも正直に話してくれたでしょう？　だから、あたしを好きって言ってくれた大ちゃんを、ううん、大ちゃんだから信じてみようって思ったんだ」

「彩香姉ちゃん……」

彼女の言葉に、大貴の胸はいっぱいになっていた。

（まさか、ここまで信じてもらえるなんて……）

同時に、これまでずっと抑えていた欲望が爆発して、大貴は半ば本能的に幼馴染みを抱きしめていた。

彩香は、こちらの不意打ちに「あっ」と声を漏らしたものの、特に抵抗はしない。

こうして密着すると、彼女の温もりや身体の柔らかさ、それに匂いもしっかりと感じられる。

そのすべてが、単に興奮を煽るだけなく、愛《いと》おしく思えてならない。

大貴がいったん身体を離してジッと見つめると、幼馴染みはすぐに意図を察したらしく目を閉じ、顔をやや上向きにする。

そんな彼女に、大貴はゆっくり顔を近づけると、唇を重ねるのだった。

4

「んっ……ちゅっ、んはっ、大ちゃぁん……んむっ。ちゅば……」

地域センター一階の和室に、キスを交わす音と彩香の熱を帯びた甘い声が響く。

さすがに、いつも仕事をしている事務室でキス以上のことはできない、という幼馴染みの訴えもあり、二人はこの和室に場所を移していた。そして、明かりを点《つ》けずにお互い下着姿になり、畳に膝立ちして再び唇を重ねているのだ。

こうしているだけで、興奮と共になんとも言えない悦びが胸に湧き上がってくる。

ひとしきり、貪るようなキスをしてから、大貴はいったん唇を離した。それからまた唇を重ねると、今度は彼女の口内に舌をねじ込む。

「んんんっ！　んっ、んじゅ……んむ、んじゅる……」

彩香は、やや驚いたような声をあげたものの、すぐに自分も舌を動かしだした。さすがに、ディープキスの経験はあるらしい。

ただ、あまり回数をしていなかったのか、あるいは久しぶりすぎるのか、彼女の舌の動きはかなりぎこちなかった。それでも、ずっと憧れていた相手と舌を絡めているという事実だけで、充分すぎるくらいの昂りを得られる。

その思いに任せて、大貴は幼馴染みの背中に手を回すと、ブラジャーのホックを外した。

すると、彩香が唇を振り払うように離して、「大ちゃん……」と潤んだ目を向けてくる。暗いため分かりにくいが、顔が上気しているのは間違いあるまい。

大貴は、彼女の身体を畳に横たえつつ、ブラジャーを腕から抜き取った。彩香のほうは、こちらの行動に身を委《ゆだ》ねている。

そうして、暗がりの中に結美ほどのサイズはないが佳蓮よりは大きい、お椀《わん》型のバストが露わになった。

彼女の生乳房は、子供の頃に見た記憶がうっすら残っているものの、当然ながら今はすっかり女性らしく成長している。

(服の上からでも分かっていたつもりだったけど、彩香姉ちゃんのオッパイ、けっこう大きいな)

背が小さめなぶん、バストが強調されているだけかも、という思いもあったが、こうして生で見てもかなりボリュームがある。それに、腰回りも意外なくらい細く、ヒップ周りはふくよかで、なかなかのグラマラス体型と言える。

ブラジャーを畳に置いた大貴は、興奮をどうにか抑えながら彼女にまたがって、両手をふくらみに伸ばした。そして、できるだけ優しく包むように、そこに触れる。

途端に、彩香が「んあっ」と甘い声を漏らし、身体を強張らせた。さすがに、緊張は拭えないのだろう。

それでも構わず、指に少しだけ力を入れて乳房を揉みしだきだす。

「んはっ、あっ、あんっ、大ちゃんのっ、んんっ、手がぁ。あんっ、ふあっ、夢みたいっ、んふっ、だよぉ。んはっ、ああっ……」

幼馴染みが、手の動きに合わせて控えめに喘ぎながら、そんなことを口走る。

（これが、彩香姉ちゃんのオッパイ……すごくいい手触りだ）

大貴のほうは、手を動かしながら心の中で感嘆の声をあげていた。

彩香のバストは、結美よりも弾力がある。一方で、佳蓮よりも大きいので揉みごたえも充分すぎるくらいだ。つまり、先に経験した二人の胸のいいとこ取りをしたのがこの乳房だ、と言っていいだろう。

そう意識すると、興奮のあまり欲望のまま思い切り揉みしだきたくなってしまう。

（いやいや、いくら彩香姉ちゃんにエッチの経験があるとしても、あんまり乱暴にしたら嫌がられるかもしれない）

と自分に言い聞かせて、大貴は優しい手つきでの愛撫を続けた。

「はうっ、ああっ……それぇ。あんっ、大ちゃんっ、んあっ、上手ぅ。あんっ、はうっ……」

幼馴染みが、喘ぎながらそんな感想を口にする。どうやら、しっかりと感じてくれているらしい。

（彩香姉ちゃんが、気持ちよくなってくれているなら嬉しい。でも、結美さんと佳蓮さんとエッチしてなかったら、きっと乱暴にしちゃっていたんだろうな）

もしも、彼女たちとの情事を経ずに彩香の乳房に触れていたら、おそらく頭が真っ白になって本能のままに揉みしだいていたはずだ。そう考えると、先に二人の人妻と経験したことにも意味があったのだろう。

大貴は心の中でそんな自己弁護をしつつ、彼女の様子を確かめながら指の力を少し強めた。

「んはあっ！　あんっ、それっ、んくっ、はううっ……！」

たちまち、巨乳の幼馴染みの喘ぎ声が大きくなった。暗がりではあるものの、愛撫で喘ぐ彼女の表情がなんとも妖艶に思えてならない。

「彩香姉ちゃん、すごく綺麗だよ」

思わずそう声をかけると、目を閉じて喘いでいた彩香が、こちらを見つめた。

「もう、大ちゃんったら……でも、いつまで『姉ちゃん』なのかな？」

「えっ？　そう言われても……」

彼女の思いがけない言葉に、大貴は戸惑いの声をあげて愛撫の手を止めていた。

何しろ、物心がついた頃には「彩香お姉ちゃん」と呼び、その流れでいつしか「彩香姉ちゃん」に変化して、今日に至っているのである。今さら、どう変更すればいいのだろうか？

そんな困惑の思いを抱いていると、こちらの心を読んだかのように、

「あのさ……名前だけで、呼んで欲しいんだけど？」

と、彩香が言葉を続けた。

おそらく、「姉ちゃん」と呼ばれていては、恋人になったという実感が得られないのだろう。

（うーん、「姉ちゃん」抜きで名前を呼ぶのか？　そりゃあ、結美さんと佳蓮さんにはしていることだけど、なんだか気恥ずかしいな）

そうは思ったものの、ここで彼女のリクエストを拒むのも、男として情けない気がしてならない。

「……あ、彩香さん」

「うん。それでいいや。じゃあ、続けて」

嬉しそうな表情を浮かべて、彩香がそう促してくる。

そこで大貴は、再び指に力を込めて乳房への愛撫を再開した。

「あんっ、ああっ、大ちゃんっ！　んはっ、ああっ、はあんっ……！」

「彩香姉ちゃ……彩香さん？　乳首、吸ってもいい？」

こちらの問いかけに、巨乳の幼馴染みが「うん」と頷く。

そこで大貴は、片手を離して彼女の乳首にしゃぶりついた。そして、チュバチュバ音を立てて吸いつつ舌で突起を弄り、ふくらみを摑んだままの手の力を強める。

「はあっ！　そこぉ！　あんっ、ひゃうっ、いいよぉ！　ああっ、あんっ、はううっ……！」

彩香が、たちまち甲高い悦びの声をあげだす。

どうやら、彼女はもう声を抑えるのを忘れてしまったらしい。

もっとも、センター内に誰もいない上、和室は研修室と同じ畑側に面していて外の人間に声を聞かれる心配がほとんどない、と分かっていれば我慢の必要もあるまいが。

（それにしても、彩香姉ちゃん……彩香さんのオッパイを、こうやって揉んだりしゃ

ぶったりできる日が来るなんて、まだ夢を見ているみたいだよ）

妄想では何度となくしていたが、それを実際にできているというのは、こうしていてもどこか現実感が薄く思えてならない。もしも、これがリアルな淫夢で目が覚めたら自宅のベッドの中だったら、永遠に夢の世界に居続けることを望んでしまいそうだ。

そんなことを考えながら、さらに愛撫を続けていると、

「はううっ！　あんっ、これっ、やんっ、あうっ、大ちゃんっ！　ああんっ、はうっ、きゃふうっ……！」

と、彩香の声のトーンが一段跳ね上がった。

そこで、大貴は空いている手を彼女の下半身に這わせてみる。

そうして、指がショーツの上から秘裂を捉えると、それだけで幼馴染みが「きゃうんっ！」と甲高い声をあげてのけ反った。

（おっ。けっこう濡れている……）

下着越しで、はっきり分かるくらい湿っているのなら、その内側は充分に蜜が出ているはずである。それならば、このまま挿入しても平気かもしれない。

（もう挿れて……いや、でもチ×ポがこれじゃあ、きっとこっちがあっさりイッちゃうよなぁ）

大貴は、挿入への欲求を感じつつも、自分の状態をしっかり把握《はあく》していた。

初恋の相手に対する愛撫の興奮で、既に大貴の一物は限界までいきり立っている。

結美と佳蓮との経験があるおかげで、ギリギリ耐えられているものの、これが初体験だったらとっくに暴発していたかもしれない。

（できれば、挿入前に一発出したいところだけど、今の彩香姉ちゃ……彩香さんにフェラを求めるのもなぁ……）

何しろ彼女は、久しく異性との行為をしていないのだ。そんな女性に、男性器への奉仕を要求するのは、さすがに気が引けてしまう。

迷いもあって、大貴はいったん愛撫をやめて身体を起こした。

すると、「んはあ……」と吐息のような声をこぼした彩香が、こちらを見て目を丸くした。

「大ちゃんの、パンツの中ですごく大きくなってる……苦しそう。ねえ？　お口で、してあげようか？」

「えっ？　いいの？　大丈夫？」

幼馴染みからの申し出に、大貴は思わずそう問いかける。

すると、彼女は少し恥ずかしそうに言葉を続けた。

「うん。別に、男の人が嫌いになったってわけじゃないし。それに、大ちゃんの……それは、子供の頃に見ているから」

なるほど、彩香は元彼に裏切られ心の傷を抱えているものの、異性そのものに恐怖心や嫌悪感を抱いたわけではないようだ。そこらへんの細かい機微は、さすがに端からは分からない。

また、幼少時に一緒に入浴した経験があるのも、彼女の安心感に繋がっているらしい。

「じゃあ、お願いするよ。正直、いつまで我慢できるか微妙だと思っていたからさ」

そう言って、大貴はいったん立ち上がってトランクスを脱ぎ捨て、下半身を露わにした。

「ええっ!?　大ちゃんのチ……チン×ン、そんなに大きく……」

そそり立ったモノを見て、彩香が目を丸くして言葉を失う。

「やっぱり、僕のチ×ポは大きい？」

「う、うん。こんなの、初めて見たよ……自分から、『してあげようか？』って言っておいてなんだけど、こんなに大きいチン×ンにちゃんとできるかな？　あたし、フエラってあんまり経験ないし」

巨乳の幼馴染みが、そんな不安を口にする。

「彩香姉……彩香さん、無理はしなくてもいいよ？」

と、心配になった大貴が声をかけると、彼女は意を決したようにこちらを見た。

「ううん、する。せっかく、大ちゃんとできるんだから。それに、あたしも色々と吹っ切りたいし」

そう応じると、彩香は大貴の前に跪いた。そして、肉棒に手を伸ばして怖ず怖ずと竿を握る。

それだけで、得も言われぬ心地よさがもたらされたものの、大貴はどうにか声を出すのを我慢した。結美と佳蓮と先にしていなければまだしも、あの二人と経験している以上、握られた程度で声を漏らすのは、いささか情けない気がしてならない。

「ああ、本当にすごく大きくて硬くて……子供の頃に見たのと、全然違うよぉ」

熱を帯びた目でペニスを見つめながら、巨乳の幼馴染みがそんなことを言う。

それから彼女は、分身の角度を変えると先端に口を近づけた。

大貴は、その光景をただただ見守ることしかできない。

そしてとうとう、彩香の口が亀頭にキスをした。

「ちゅっ。んっ。レロ、レロ……」

縦割れの唇と軽く唇を合わせてから、彼女はすぐに先端部全体に舌を這わせだした。躊躇する素振りがまったくなかったのは、回数は少ないながらもフェラチオの経験があるからだろうか？　それとも、大貴のモノだからなのか？

「ふあっ！　くっ、彩香姉……あうっ、それっ、ふあっ、いいよ！」

陰茎からもたらされた性電気の強さに、大貴は天を仰ぎながら喘いでいた。

すると、彼女が「んふっ」と嬉しそうな声を漏らし、さらに舌の動きに熱を込める。

もちろん、彼女の舌使いは結美どころか佳蓮よりもぎこちないくらいである。しかし、憧れの幼馴染みが熱心に奉仕をしてくれている、という昂りが、テクニックの拙さを補ってあまりある快感に結びついている気がしてならなかった。

「んはっ、大ちゃん、気持ちいいの？　嬉しい。もっと、いっぱいよくなってぇ。チロ、チロ……」

と、彩香がさらに竿まで舐め回しだす。

（ううっ、気持ちよすぎる！　本当に、夢みたいだ！　もしも夢なら、二度と目が覚めなくてもいいよ！）

もたらされる快楽に酔いしれながら、改めて大貴の心にそんな思いがよぎる。

すると、彼女がいったん舌を離した。そして、「あーん」と口を大きく開け、ゆっくりと一物を含みだす。

（おおっ！　彩香姉ちゃん……彩香さんの口に、僕のチ×ポが……）

同じことは、結美と佳蓮にもしてもらったが、やはり憧れの幼馴染みがしているのを見るのは、感動もひとしおだといっていい。

しかし、彼女は竿の半分にも満たないところで、「んぐっ」と苦しそうな声を漏らして動きを止めてしまった。

フェラチオの経験回数は多くなかったようだし、数年ぶりで、しかも初めてのサイズということもあって、これ以上先まで進むのは難しいらしい。

それでも彩香は、呼吸を整えると、ゆっくりとしたストロークを開始した。

「んっ……んぐ……むじゅ……」

「ああっ、彩香姉ちゃん！　それっ、くうっ、いいよ！」

分身から心地よさがもたらされて、大貴はつい今までの彼女の呼び方で快感を口にしていた。

すると、彩香が「んっ」と嬉しそうな声をこぼして、動きをやや速めに、そして大きめにする。

もちろん、それでも刺激の強さは佳蓮にすら及んでいない。だが、フェラチオに慣れていない幼馴染みが懸命に奉仕してくれる姿は、それだけで興奮を煽ってあまりある気がした。

(ああっ、これ……そろそろ、ヤバイかも)

大貴がそんな危機感を抱きだしたとき、さすがに苦しくなったらしく彼女が一物を口から出した。

「ぷはあっ。はぁ、はぁ……大ちゃんのチン×ン、大きすぎるから、咥えているだけで大変だよぉ。あっ、先っぽから……もう、イキそうなの?」

大きく息をついた彩香が、縦割れの唇から唾液とは異なる液が出ているのを見て、首を傾げて訊いてくる。

「うん。そろそろ、出ちゃいそうだよ。あっ、そうだ。彩香姉……彩香さん、パイズリをしてもらえるかな?」

「えっ? パイ……知っているけど、したことはないんだよね。上手にできるかな?」

と、彩香が躊躇する素振りを見せる。

彼女には充分なバストサイズがあるので、胸での奉仕をしていなかったなど勿体ない、という気はした。ただ、もしかするとそこまで心を許す前に元彼の二股が発覚して、別れることになったのかもしれない。

しかし、そうと分かると、せっかくなので幼馴染みのパイズリ処女をもらいたくなるのが人情というものだろう。

「彩香さんのオッパイで、出したいんだ。それに、僕は結美さんでパイズリを経験しているから、多少はアドバイスできるよ」

大貴が畳みかけると、彼女はやや表情を強張らせた。こちらにパイズリの経験があるのを知って驚いたのか、あるいは先んじていた爆乳町内会長に嫉妬したのか？

「分かった。してあげる」

遂に、彩香が頷いてそう応じた。

「じゃあ、オッパイの谷間でチ×ポを挟み込んでくれる？」

「うん。こう……かな？」

こちらの指示を受けた幼馴染みが、自分の胸を手で寄せつつ肉茎を谷間で包み込む。

（おおっ！　結美さんのオッパイより弾力があるからか、包まれたときの感触がなんだか違うぞ！）

膣内に個人差があるのは、結美と佳蓮の二人を短期間に抱いて知っていた。しかし、バストでも柔らかさなどの差で別のモノに挟まれているように感じられるのは、いささか予想外と言える。もっとも、どちらの乳房も気持ちいいので、優劣はつけられないのだが。

ところが、彩香はそこで動きを止めてしまった。おそらく、なんらかの形で行為自体は見知っていても、初めてということでやり方などが頭から吹き飛んでしまったのだろう。

「それじゃあ、手でオッパイを交互に動かして、チ×ポを胸の内側でしごいてくれるかな？」

「あ、うん。んっ、んっ……」

こちらのアドバイスに従って、幼馴染みが手を使って乳房を動かしだす。

「ううっ。それっ、気持ちいい……くうっ……はうっ！」

分身からもたらされた心地よさに、大貴は思わず快感の声を漏らしていた。

さすがに、その動きのスムーズさは爆乳町内会長に及ぶべくもない。だが、憧れの幼馴染みがパイズリをしてくれているというだけで興奮材料としては充分すぎ、性電気がより強く感じられる気がしてならなかった。

「んっ、んっ、んふっ、んっ……」

こちらが気持ちよくなっているのを知り、彩香が嬉しそうな表情を見せながら、いっそう胸の動きに熱を込める。

そんな彼女の姿に、愛おしさと同時に昂りも感じずにはいられない。

「今度は、膝を使って身体を動かしてみてくれる?」

「えっ?　うん。こうでいいのかな?　んっ、んふっ……」

大貴の指示に従って、巨乳の幼馴染みが膝のクッションを使って身体全体で肉棒を擦りだした。

そうして動きが大きくなると、もたらされる快感も自然に強まる。

「ふあっ。それっ、くうっ……すごくいいっ!」

予想以上の性電気が生じて、大貴は天を仰いでそう口走っていた。

当然、動き自体は稚拙だったが、明らかに愛情のこもった奉仕のおかげで、一物からの得も言われぬ心地よさが脊髄を伝って脳を灼《や》く。

既に、カウパー氏腺液が出るほど興奮していたこともあり、このパイズリによって大貴の限界はたちまちレッドゾーンに達してしまった。

できれば、パイズリフェラまでしてもらいたかったが、とてもそんな余裕はない。

「くうっ、彩香さん!　もう出るよ!」

そう訴えるなり、大貴は彼女の顔面に白濁のシャワーを浴びせていた。

「ひゃうん！　熱いの、出たぁぁ！」

と声をあげつつ、彩香は顔を背《そむ》けることもなくスペルマを受け止めてくれる。

ここらへんは、回数は少なくてもさすがは経験者、と言うべきか。

ただ、恍惚とした表情でスペルマまみれになっていく幼馴染みの顔を見ているだけで、大貴はいっそうの欲望が湧いてくるの抑えられずにいた。

5

「ふああ……すごく濃いの、いっぱぁい。こんなの、初めてだよぉ」

胸から一物を外し、畳にへたり込んだ彩香が、白濁液を顔に付着させたままそんなことを口にする。

彼女の股間に目を向けてみると、パイズリで乳房に刺激を受けていたおかげか、新たな蜜が溢れ出していた。どうやら、準備は万端に整っているらしい。

「彩香さん、挿れたいよ。いいかな？」

「あっ……うん。あたしも、早く大ちゃんのチン×ンが欲しいよぉ」

大貴が声をかけると、我に返った幼馴染みが少し恥ずかしそうにしながらも、そう言って頷く。

その返事と態度に、悦びと共に新たな興奮が湧き上がるのを抑えられない。

大貴は、「彩香さん！」と彼女を畳に押し倒した。そして、脚の間に入って一物を秘裂にあてがう。

それだけで、彩香が「ああ……」と吐息のような声を漏らし、期待に満ちた目を向けてくる。

その視線に昂りを覚えながら、大貴は腰に力を入れて分身を彼女の中に押し込んだ。

「んはあーっ！　入ってきたぁぁ！」

挿入に合わせて、幼馴染みが歓喜の声を和室に響かせる。

そうして、根元まで入り込んだところで、腰と股間がぶつかって動きが止まった。

途端に、彩香が「んはあっ！」と甲高い声をあげてのけ反る。

結美と佳蓮としたときと同じく、子宮口に先端部が当たったのを感じたのだろう。

「ふああ、すごぉい。チン×ン、奥まで届いてぇ……嬉しい。やっと、大ちゃんと一つになれたよぉ」

彼女が感極まったように、涙目になりながらそんなことを口にする。

「僕も、すごく嬉しい。彩香姉ちゃん……彩香さんと繋がっているなんて、本当に夢みたいだよ」

大貴も、幼馴染みにそう応じていた。

物心ついた頃から、本当の姉のように慕《した》っていた女性。その「好き」が、肉親と同じような感覚から異性に対するものに変化したのは、いつ頃からだっただろうか？

しかし、思いを告げる勇気が出ないまますれ違うようになり、十年以上もすっかり疎遠になっていた。

そんな初恋の相手と、実は両思いだったと分かった上に、今こうして一つになっているのだ。現実に繋がっている感覚はあっても、まだ夢の中にいるような気がしてならない。

（それにしても、彩香姉ちゃんの中、すごく気持ちいいぞ！）

大貴は、一物から伝わってくる膣肉の感触に、内心で感嘆の声をあげていた。

彼女の内部は、ネットリと絡みつくように蠢き、ジッとしていても陰茎に甘美な心地よさをもたらしてくれる。

もちろん、結美と佳蓮の中も気持ちよかったので、優劣などつけられないのだが。

とにかく、先に一発出していなかったら、こうしているだけであっさり暴発していたかもしれない。

「大ちゃん、動いてぇ。もっと大ちゃんのこと、感じさせてぇ」

と、幼馴染みから求められて、大貴はようやく我に返った。

「おっと、ゴメン。それじゃあ」

そう応じて、大貴は彼女の腰を摑んだ。そして、まずは押しつけるような動きで小さめの抽送を開始する。

「んあっ、あんっ、奥ぅ！　あうっ、子宮っ、はあっ、突かれてぇ！　あんっ、はうっ、いいよぉ！　はあっ、ああっ……！」

彩香がピストン運動に合わせて、たちまち嬉しそうな喘ぎ声をこぼしだした。

（ちゃんと、感じてくれているみたいだな）

そう判断した大貴は、腰の動きをさらに大きめにした。

「んはあっ！　あんっ、これぇ！　ひうっ、こんなにっ、あんっ、セックスぅ！　はあっ、気持ちいいっ、あううっ、なんてぇ！　はううっ、知らなかったぁ！　ああっ、あんっ、ひゃううっ……！」

喘ぎながら、幼馴染みがそんなことを口走る。

どうやら、彼女は元彼との行為では、あまり気持ちよくなれていなかったらしい。

（それじゃあ、僕がいっぱい感じさせてあげなきゃ）

という使命感にも似た思いを抱いた大貴は、腰から手を離して乳房を鷲摑みにした。

そうして、ふくらみをグニグニと揉みしだきながら、腰の動きを荒々しいものに切り替える。

「はああっ、オッパイもぉ！　あんっ、二ヶ所ぉ！　ああっ、これっ、はううっ、やっ、あんっ、イクッ！　ああっ、よすぎてっ、ふああっ、すぐっ、あんっ、イッちゃうぅぅ！　んはああああああぁぁぁぁ‼」

切羽詰まった声をあげだしたと思った途端、彩香がおとがいを反らして身体を強張らせた。

そのため、大貴もひとまず動きを止める。

硬直はすぐに解けて、幼馴染みの全身からみるみる力が抜けていった。

「ふはああ……イッちゃったぁ。久しぶりだしぃ……はふう、こんなに奥まで突かれたの、初めてだったしぃ……オッパイまで同時にされて、我慢できなかったよぉ」

放心した様子で、彩香がそんなことを口にする。

「彩香さん、続けても大丈夫？」

「あっ……うん。イッたけど、まだ平気ぃ。せっかく大ちゃんと一つになっているんだから、もっともっとこの幸せを感じていたいよぉ」

こちらの問いかけに、巨乳の幼馴染みが間延びした声で応じてくれる。

どうやら、彼女も大貴との行為を続けたい、と思ってくれているらしい。

(だけど、このまま続けるのも……あっ、そうだ！)

最近、アダルト動画で目にした体位を思い出した大貴は、彩香の片足を抱え込むように持ち上げた。

そうして、いわゆる松葉崩しの体勢になると、彩香が「えっ？」と声をあげて目を丸くする。

それに構わず、大貴はすぐにピストン運動を再開した。

「ひあっ、あんっ！　はうっ、この体勢っ、んやっ、初めてぇ！　あうっ、横がっ、はううっ、擦られてぇ！　ひゃんっ、子宮もっ、あううっ、ノックされてぇ！　はうっ、きゃふっ、ああっ……！」

たちどころに、彼女が半狂乱といった喘ぎ声をこぼしだす。

そんな姿がなんともエロティックに見えて、大貴は昂る心のままに腰の動きを速めていた。

「あんっ、あんっ、これっ、ひゃうっ、感じすぎぃ！　ああっ、すぐイク！　はああっ、すぐにっ、きゃふっ、大きいのっ、あううっ、来ちゃうぅぅ！　あんっ、はううっ……！」

幼馴染みが、切羽詰まった声で喘ぎながらそんなことを口にする。

どうやら、既に絶頂を味わっているため、あっさりと大きなエクスタシーを迎えそうになっているようだ。

もっとも、それはこちらも同じだったが。

「彩香さん、僕もそろそろ……」

大貴も、抽送を続けながらそう訴えていた。

初恋の相手と結ばれた悦びと、彼女の裸体を目にした昂り、肌の温もりや柔らかさ、膣の感触、喘ぎ声、そして艶やかな表情。そのすべてが、こちらの興奮を煽り立て、射精感に繋がっている気がしてならない。

「ああっ、中にぃ！　あうっ、大ちゃんのっ、ああっ、中にちょうだい！　あんっ、あたしの中ぁ！　はうっ、大ちゃんでっ、ああんっ、染めてぇ！」

と、彩香が甲高い声で求めてきた。

（中出し……いいのかな？　ええいっ、今さらだ！）

一瞬、不安が脳裏をよぎったものの、大貴はすぐに開き直った。

好きな女性からこのように言われて、外に出す選択肢など取れるはずがない。ここは、結果など気にせずリクエストに応じるのが男というものだろう。

そう判断した大貴は、本能のまま射精に向けて腰の動きをさらに加速させた。

「あっ、あんっ、はうっ、イクッ！　ひゃあんっ、イク！　はううっ、もうっ、きゃふっ、イクぅぅ！　んはああああああぁぁぁぁぁぁぁぁぁ!!」

幼馴染みが、絶頂の声を和室に響かせ、大きく背を反らす。

同時に膣肉が収縮し、肉茎に甘美な刺激がもたらされる。

そこで大貴も限界を迎えて、「ううっ」と呻くなり彼女の中に思いの丈を注ぎ込む。

(くうっ。まるで、精液を搾り取られているみたいだ)

彩香の膣内は、スペルマを受け入れつつも蠢いており、おかげで射精がなかなか終わってくれなかった。

そうして、彼女の身体から力が抜けていくのに合わせて、大貴は子宮に白濁液を一滴残らず注ぎ終えた。

「んはああ……大ちゃんの精液で、お腹いっぱいぃぃ……すごく、幸せだよぉ」

虚脱した幼馴染みが、目を開けて放心した様子でそんなことを口にする。

「彩香さん……」

大貴が持っていた足を下ろして抱きしめると、彼女のほうも背中に手を回してくる。

真っ暗な和室で抱き合って温もりを確かめ合いながら、大貴は初恋の女性とようやく結ばれた喜びを噛みしめるのだった。

第四章　快楽に悶え喘ぐご町内牝肉たち

1

大貴が彩香と結ばれた、翌週の日曜日の午後。休館日のB町地域センターでは、消防車や地震体験車などが来ての防災訓練が行なわれていた。

内容としては、前半は心臓マッサージとAED（自動体外式除細動器）の取り扱い説明と人形を使った実践講習、災害時の避難に関する説明など、地域センターの講堂を使用した講習がメインで、後半は主に外で消火器などの扱い方を消防署員が説明したり、地震体験車で震度七の揺れを実際に体験したりといった、外での行事がメインである。

前半は講堂を使ったこともあり、センター長ら職員も出勤して手伝っていたが、後半は駐車場を利用する行事がメインなので、彩香以外は適当なタイミングで撤収していた。

彩香だけは、「町内会の役員不足を見かねた」と言って、ボランティアとして最後の戸締まり要員を兼ねて残ったのである。

ただ、彼女の真の意図が、大貴ともっと一緒にいたい、彼を結美と佳蓮と三人だけにしたくない、というところにあるのは、ほぼ疑いようのないことだったが。

（もっとも、それは僕も同じだけど。結美さんと佳蓮さんの傍にいると、すごく気まずいからな。彩香姉ちゃん……彩香さんがいてくれると、多少は気持ちが楽になるよ。はぁ、まだ『彩香さん』呼びには慣れないなぁ）

と、大貴は内心で肩をすくめていた。

彩香からの求めもあったが、恋人同士になった以上はやはり「彩香姉ちゃん」呼びを卒業するべきだ、と自身も考えていた。しかし、幼少時からずっと続けていた呼び方を一週間ほどで完全に切り替えるのは、なかなかに難しい。ここらへんは、おいおい慣れていくしかないのだろう。

そんなことを考えながらも、大貴は結美たちと役割を分担し、町内会役員としての仕事をひたすらこなしていった。

そして、今回の防災訓練のハイライトとでも言うべき放水訓練が、いよいよ始まることになった。

放水訓練は、消防士の指導の下、地元の消防団員が消火栓の使い方を確認するのが主な目的である。加えて、消火栓が正常に作動するか、ホースなどに異常がないかをチェックするのも重要な目的になるそうだ。

消防士の指示で消防団員たちが一斉に動き、消火栓からホースを取り出して放水の準備をしていく様子を、訓練の参加者たちは遠巻きに見ていた。

スタッフジャンパーを着用した町内会役員は、一般参加者と消防団員を区切るような位置に、大貴と彩香、結美と佳蓮で分かれて立って作業を見守っている。

先頭の消防団員が、地域センター裏の畑側にノズルを向けて構えると、消防士が右手を挙げて「放水始め」と指示を出した。

それを受けて、消火栓の操作員がスピンドルドライバーを回すと、水が流れ出してホースがブクブクとふくらんでいく。

ところが、その途中でブシャーと派手な音を立てて、ホースから間欠泉《かんけつせん》のように高々と水柱が上がった。やや斜めの大貴と彩香がいる方向に噴き上がったその水は、当然の如く弧を描いて落ちてくる。

「どわっ!?」

「きゃあっ！」

頭から大量の水を被って、二人は同時に悲鳴をあげた。

「放水やめ！　放水やめ！」

消防士が慌てた様子で指示を出し、操作員もスピンドルドライバーを急いで反対方向に回し、水を止める。

「二人とも、大丈夫かい？」

近くにいた消防団員が、心配そうに声をかけてきた。

「な、なんとか。とはいえ、ズブ濡れになっちゃいましたけど」

彩香が、手で顔の水を拭きながら応じる。

浴びたのが、空高く上がって落ちてきた水だったのは、不幸中の幸いだったと言えるだろう。噴出した高圧の水を直接浴びていたら、身体ごと吹っ飛ばされて大怪我をしていたかもしれない。

「大貴、瀬戸さん、大丈夫だった？」

「ふ、二人とも、平気ですか？」

別のところにいた結美と佳蓮も、こちらに駆け寄って心配そうに訊いてくる。

さらに消防士がやって来て、ホースの水が噴き出した箇所をチェックしだした。

「ああ、ここが破断しているな。おそらく、もともと劣化していたのが、水圧で裂けてしまったんだろう。比較的上向きだったから噴水みたいになっただけで済んだが、向き次第じゃ大変なことになるところだったぞ。って、そこの二人は悲惨だが」

そう言って、消防士が申し訳なさそうに大貴と彩香のほうを見る。

(確かに、あの勢いの水が参加者にかかっていたら、大問題になっていただろうからな。濡れたのが、センター職員の彩香さんと町内会役員の僕だけだったのは、不幸中の幸いだったかも)

消防士の言葉を受けて、大貴はそんなことを思っていた。

だが、T市は十一月には平均最高気温が十五度を下回るようになる。今日も、晴れたとはいえ長袖一枚では肌寒く、上着が必須という気温である。

大貴も彩香も、服の上にスタッフジャンパーを着用していた。しかし、大量の水を被ったため中までびしょ濡れになっている。ついでに言えば、下半身も下着まで濡れていた。

このような状態で十五度以下の気温の中にいれば、体温がどんどんと奪われてしまうことになる。

「大貴も瀬戸さんも、着替えなんて持ってきていないわよね？　そのまま家に帰るわけにもいかないだろうし、訓練に参加し続けるのも無理だから、研修室で暖まりながら少しでも服を乾かしてきなさい。残りは、わたしと佳蓮でもなんとかできるわ」

と、爆乳町内会長が指示を出した。

放水訓練が終われば、あとは専門スタッフが扱う地震体験車と煙体験ハウスを使った災害体験をするのみである。終了まで残り一時間もなく、体験希望者の順番整理くらいなら、二人でもなんとかなるだろう。

後片付けも、煙体験ハウスは業者が担当するし、他のテントなどは消防団員らに手伝ってもらえば問題あるまい。

そもそも、結美の言うとおりこのままでは帰宅も難しいし、一方で訓練の手伝いを続けるというのも不可能である。そのため、大貴と彩香は彼女の言葉に素直に従うことにした。

今日、研修室はスタッフの休憩所になっていた。既に、講堂を使うイベントは終わっているので、このあと参加者がセンター内で利用するとしても一階のトイレだけである。また、業者たちも後片付けを終えたらすぐに撤収する手はずになっているので、もう結美と佳蓮以外の人間が二階に来る心配もない。

センター内に入ると、彩香がいったん事務所に行き、ロッカーからフェイスタオルを数組ほど取り出してきた。なんでも、給湯室で使ったり、利用者が急に体調を崩したときなどに使ったりするものらしい。

それから二人は、二階に行って研修室に入ると、エアコンの暖房を強めにかけた。とはいえ、ストーブならばすぐ前に陣取って暖まることもできるが、エアコンではなかなかそういうわけにもいかない。

スタッフジャンパーを脱ぎ、タオルで頭の水を拭いたものの、上から下までほぼびしょ濡れなのは、どうにもしようがなかった。

(乾くまで、このままでいるか？　まさか、ここで脱ぐわけには……って!?)

頭を拭き終えて思案に暮れていた大貴は、ふと幼馴染みのほうを見て、思わず目を見開いていた。

なんと、彩香が濡れた服を脱いで下着姿になっていたのである。

さすがに、見せることは想定していなかったのだろう、彼女の下着は動きやすそうな白いスポーツブラと腰までしっかり覆うシンプルな白いショーツだった。しかし、これはこれで色気があるように感じられる。

「な、何脱いでんのさ、彩香姉ちゃん!?」

「だって、ビショビショだし、乾くまで着ていたら気持ち悪いでしょう？　それと、また呼び方が戻っているよ？」

「ご、ゴメン。瞬間的には、どうしても……って、そうじゃなくて。ここで脱ぐなんて……」

「あたしたちしかいないんだから、別にいいんじゃない？　それに、あたしと大ちゃんの仲なんだし……」

そう言って、彩香が熱を帯びた目をこちらに向ける。

（これって……もしかして、エッチを誘っているのかな？）

そうは思ったものの、イマイチ確証が持てず身動きが取れなくなってしまう。

すると、ブラジャーとショーツ姿の彼女が近づいてきた。

「ねぇ？　身体が冷えちゃったし、暖房だけじゃなくて、大ちゃんにも温めて欲しいなぁ」

と、彩香が甘えるように言う。やはり、彼女はこちらを求めていたようだ。

前回初めて結ばれて以降、お互いにバタバタしていて肌を重ねる機会がないままだったため、幼馴染みも我慢の限界に達していたらしい。

下着姿の女性、いわんや恋人にここまで言われては、男なら誰でも理性が吹っ飛んでしまうだろう。

もはや、牡の本能を抑えきれなくなった大貴は、「彩香さん！」と彼女を思い切り抱きしめていた。

2

「ああ、大ちゃぁん。あんっ、オッパイ、んはっ、いいよぉ」

こちらの手の動きに合わせて、彩香が控えめな喘ぎ声をこぼす。

今、大貴は全裸で畳にあぐらをかいて座り、同じく裸になって上に乗った幼馴染みのバストを、背後から揉みしだいていた。

(この体勢だと、彩香さんの体温を感じながら愛撫できていいな。しかも、オッパイも揉みやすいし)

そんなことを思いつつ、指にさらに力を込める。

「んあっ！　んんっ、んくっ、んふう……」

大声を出しそうになった彩香が、唇を噛んでどうにか声を抑えた。

何しろ、外ではまだ防災訓練が続いており、一階のトイレは参加者に開放しているので、誰が入ってくるか分からない。したがって、あまり大きな声を出すわけにはいかないのだ。

しかし、そんな彼女の姿がかえって大貴の興奮を煽ってやまない。

とはいえ、こちらにもスリルで昂ることはあれど、実際に誰かに見られて高揚するような性癖はなかった。色々するにしても、きちんと手順を踏むべきだろう。

「乳首、摘まむよ?」

大貴がそう声をかけると、彩香がすぐに自分の手で口を塞ぐ。

それを確認してから、大貴は彼女の両方の突起を摘まんだ。

「んんーっ! んっ、んむっ、んんっ、んぐっ、んんんっ……!」

乳首をクリクリと弄り回すなり、幼馴染みがおとがいを反らしてくぐもった声を漏らしだす。

(後ろから見ていても、彩香さんがすごくエロい!)

懸命に自分の口を押さえて、声を殺しながら喘ぐ女性の姿は、牡の興奮を煽り立てるものに思えてならなかった。

その昂りで我慢できなくなった大貴は、片手を乳首から離すと彼女の下半身に指を這わせた。

指が秘裂に触れると、水とは異なる温かな蜜がクチュリと絡みついてきて、同時に彩香が「んむう！」と声をあげて身体を強張らせる。

（おっ、かなり濡れている。これなら、すぐに挿《い》れても大丈夫そうかな？）

そう悟ると、早く挿入したいという衝動が湧いてきた。

（こっちも、あっという間に出ちゃいそうだから、本当なら彩香さんにフェラとかしてもらって、一発抜いてもらいたいところだけど……）

これが自宅など、ゆっくりできる場所なら、間違いなくそうしてもらっていただろう。しかし、ここは地域センターの研修室で、しかもイベントの真っ最中である。行為にあまり時間をかけるわけにはいくまい。

「大ちゃん、欲しい。早く、チン×ン挿れてぇ」

大貴が迷っていると、幼馴染みが手を口から離して求めてきた。

「いいの？　すぐに、出ちゃいそうなんだけど？」

「それでもいいよぉ。ちょっと間があいたせいもあって、大ちゃんのチン×ンが欲しいって気持ちが我慢できないのぉ。だから、早くぅ。お願ぁい」

こちらの不安に対し、彩香がそう応じる。

どうやら、彼女も大貴とのセックスにすっかりハマッてしまったらしい。

そうと分かると、挿入への欲求が抑えられなくなってしまう。

「じゃあ、四つん這いになって、タオルを咥えてくれる？」

「えっ？　あ、うん、分かった」

こちらのリクエストの意味をすぐに察して、彩香が頷いていったん身体を起こした。

そうして、未使用のタオルを用意すると、四つん這いになってそれを咥える。

これで、大声を出す心配はあるまい。

そう判断した大貴は、彼女の背後に膝立ちすると、一物を割れ目にあてがって一気に挿入した。

「んんんんんっ！」

タオルを咥えた彩香の口から、くぐもった声がこぼれ出る。

そうして奥まで挿入し終えると、幼馴染みがグッタリと畳に突っ伏す。

それに構わず、大貴は彼女の腰を摑んでピストン運動を開始した。

「んんっ！　んっ、んぐっ、んむっ、んんっ……！」

いささか乱暴な腰使いだったものの、彩香はすぐに喘ぎ声をこぼしだした。タオルを口に含んでいるため正確には分からないが、その声が悦びに満ちたものなのは伝わってくる。

（しかし、こうやっていると、なんだかレイプしているみたいだよな）

ついつい、そんな思いが大貴の脳裏をよぎる。

何しろ今の体位は、見ようによっては「女性の口にタオルをねじ込み、抵抗できない背後からペニスを挿入している」と受け取られかねないものなのだ。

もちろん、大貴自身に実際のレイプ願望などない。それでも、好きな相手とレイプごっこ程度のことはしてみたい、という思いは抱いていた。

だからだろうか、こうしていると自身の密かな欲求が刺激されて、背徳感にも似た思いがいっそうの昂りを生み出す気がしてならない。

その興奮のままピストン運動を続けていると、いよいよ腰のあたりに熱いモノが込み上げてきた。

（くっ。そろそろ……でも、一人で先にイクのは、なんか悔しいな）

そう考えた大貴は、腰から手を離すと、畳で潰れている幼馴染みのバストを鷲掴みにした。そして、ふくらみをグニグニと揉みしだきながら、素早い抽送を行なう。

「んんっ！　んーっ！　んっ、んっ、んっ……！」

彩香のくぐもった喘ぎ声にも、たちまち先ほどまでとは異なる切迫感が漂いだす。

同時に、膣肉の蠢きも一気に増大してきた。彼女がエクスタシー寸前なのは、間違いあるまい。

そのため、大貴はピストン運動を続けながら、大きさを増していた両方の乳首を摘まんでクリクリと弄り回した。

「んんっ!? んっ、んむぅ！ んっ、んっ、んっ……んむううううううぅぅぅぅ!!」

遂に、彩香が身体を強張らせて、タオルを咥えたまま絶頂の声をあげた。

すると、膣肉が激しく収縮して、陰茎にとどめの刺激がもたらされる。

そこで限界を迎えた大貴は、「くっ」と呻くなり、彼女の中に大量のスペルマを注ぎ込んでいた。

3

その日の夜、B町町内会の定例役員会が終わったあと、大貴は研修室の畳に並んで座った町内会長と副会長を前に、なんとも言えない居心地の悪さを感じていた。

「それで、大貴？ 話があるから残って欲しいってことだったけど、いったいなんなのかしら？」

結美が、意味深な笑みを浮かべながら問いかけてくる。

「それは……もうちょっと、待ってください」

そう応じて、大貴は彼女から視線をそらして、

（うう……結美さん、絶対に僕が何を言うつもりか察した上で訊いてきたよな？　彩香さん、早く来てよ！）

と、この場にいない幼馴染みに、思わず助けを求めていた。

彩香と恋人同士になったため、大貴は二人の人妻とのただれた関係に終止符を打とうと考えた。

しかし、単なる友人程度の付き合いならともかく、彼女たちとは町内会の役員として共に働いている仲なので、単に「別れましょう」では済まないのが難しいところである。

おまけに、結美と佳蓮に対するパソコン指導も、まだせいぜい半ばだった。もしも、このタイミングで大貴が抜けた場合、町内会の諸々の仕事が滞るのは火を見るより明らかだ。

何より、たとえ本業のシステムエンジニアとしての仕事を言い訳にしても、途中で役員を辞めれば町内の口さがない主婦たちから、色々と邪推される可能性が高い。井戸端会議による情報伝播《でんぱ》力は、良きにつけ悪しきにつけ馬鹿にできないので、妙な噂

話を広められたらB町に住みづらくなるかもしれないのだ。

したがって、後腐れのないようにするには、二人との関係を円満に解消しなくてはならない。

だが、やや内向的な佳蓮はともかく、姉御肌で口がよく回る結美を自分一人で納得させられるかと言えば、それはなかなか難しい気がした。

そのため、彩香に相談したところ、別れ話に付き添ってくれることになったのである。彼女ならば、おそらく爆乳町内会長とも渡り合えるだろう。

そして今日の町内会の日、幼馴染みが夜の時間帯の窓口当番で、かつ夜間の利用者が他にいないのを確認した上で、大貴は結美と佳蓮に関係の清算を切りだすことにしたのだった。

しかし、彩香の登場が想定より遅くなっており、今は会話を保たせるのが厳しい状況である。

そこで佳蓮のほうを見ると、彼女は何やら落ち着かない様子を見せていた。一応、夫が大阪出張中だとは事前に聞いていたので、彼が帰ってくるのを心配しているわけではあるまい。

（僕が言おうとしていることを、佳蓮さんも分かっているのかもしれないけど、それにしては態度が変な気が……？）

　そんなことを考えていると、ようやく研修室の引き戸をノックする音がして、「お待たせ」と彩香が姿を現した。

　彼女は、こちらの姿を見るとすぐに状況を察したらしく、靴を脱いで畳に上がると大貴の横に正座する。

　これで、すべての準備が整った。

　なんとも言えない気の重さを感じつつも、大貴は意を決して口を開くことにした。

「あの……実は、僕と彩香さんは……」

　そう切りだした途端、結美が手を前に出してこちらの言葉を遮った。

「わたしも佳蓮も、大貴たちのことはもう分かっているから。で、どうせ自分たちが恋人になったから、わたしたちとの関係を終わりにしたい、って言うつもりなんでしょう？」

「うっ。そ、そのとおりで……」

　図星を突かれて、大貴は二の句が継げなくなってしまう。

「わ、分かっているんなら話が早いです。お二人と大ちゃんの関係は聞いていますし、それを今さらどうこう言うつもりはないですけど、もうこれ以上は、その……」

と、彩香が代わって口にする。

しかし、結美はその言葉も途中で遮った。

「はい、ストップ。そのことは、先に佳蓮とも話し合ったんだけど、大貴との関係を終わらせるのは断るわ」

「えっ？　先に話し合った？　で、断る？」

大貴が、驚きの声をあげて人妻官能小説家を見ると、彼女は恥ずかしそうに小さく頷いた。どうやら、本当のことらしい。

こちらが呆気《あっけ》に取られていると、爆乳町内会長は言葉を続けた。

「わたしも佳蓮も、大貴のチン×ンを気に入っちゃったよのねぇ。旦那がセックスしてくれないっていうのもあるけど、大貴のは大きくて硬くてタフで、しかもザーメンの量も多いから、とっても満たされて……もちろん、いつまでも続けられる関係とは思っていないわ。でも、今ここで終わらせるなんて、絶対に嫌よ。ねっ、佳蓮？」

その結美の問いかけに、美人副会長が顔を赤くしながら今度は大きく頷いた。どうやら、彼女も町内会長と同じ考えらしい。

（まさか、関係の解消をこんなにはっきり断られるなんて……）

さすがに、これは想定外の事態である。

それは、彩香も同様だったようで、啞然《あぜん》とした表情で絶句している。

(どうしよう？　いったい、どうしたらいいんだ？)

大貴は、ただただ混乱する思考の渦に呑み込まれていた。

もともと大貴は、気の利いたことをスラスラ言えるタイプではない。最近、結美たちとの逢瀬《おうせ》のおかげで、以前より緊張せずに他人と話せるようになったものの、こうした予想外の状況になるとメッキが剝がれて、言葉が出なくなってしまう。

「というわけで提案なんだけど、せっかくここにはこの四人しかいないんだし、みんなでエッチしましょうよ」

こちらの困惑を無視して、結美がにこやかな笑みを浮かべながら、そんな提案をしてきた。

「なっ、何を言っているんですか!?」

「はぁ？　なんで、そういう話に？」

彩香と大貴は、同時に素っ頓狂な声をあげていた。

爆乳町内会長の申し出は、予想の遥か斜め上をいく突拍子《とっぴょうし》もないものである。

「あら、そんなに変かしら？　わたしと佳蓮は、大貴のチン×ンが欲しい。瀬戸さん……同じチン×ンを知っている仲だし、もう彩香でいいわね？　彩香は、大貴とラブラブしたい。４Ｐなら、全部の条件を満たしてみんなハッピーじゃない？　それに、全員で秘密を共有すれば、誰かが漏らす心配もなくなるし」

と、結美があっけらかんと言葉を続ける。

（た、確かに結美さんの言い分はそのとおりな気がする。それにしても、彩香さん、結美さん、佳蓮さんと４Ｐか……）

聞いた瞬間は驚いたが、関係を持った三人の女性とまとめてする、という提案に、大貴は心惹かれるものを感じていた。

何しろ、４Ｐなどせいぜいエロ漫画でしか目にしたことのないプレイである。性欲旺盛な男が、この提言を無下《むげ》に拒否できるはずがあるまい。

「わ、わたしも恥ずかしいですけど……小説で４Ｐを書きたいので、実際に経験してみたいと思って……」

彩香が来てからここまで、一言も発していなかった佳蓮が、消え入りそうな声でそう口にした。

どうやら、官能小説家の副会長も４Ｐには乗り気なようである。

幼馴染みが来る前に彼女の態度が妙だったのは、もしかしたら事前に結美とこのことを相談していたからなのかもしれない。

「でも、４Ｐなんて……そんなの、おかしい！　あたし、そんなことしたくないですよ！」

顔を真っ赤にしながら、彩香が拒絶の言葉を口にする。

するとと、結美が悪戯っ子のような笑みを浮かべた。

「ははぁ、なるほどぉ。彩香は、大貴をつなぎ止めておく自信がないから、４Ｐをしたくないいんだぁ？　まぁ、わたしと佳蓮とは経験値が違うから、仕方がないと思うけどねぇ」

「ち、違います！　あたしは、ただ……」

「ああ、言い訳なんてしなくていいのよぉ。もっとも、肝心の大貴は４Ｐに乗り気みたいなのに、恋人に拒否されたら可哀想よねぇ？　大貴、いっそのことウチに来て、佳蓮と三人で愉しまない？」

そう言って、結美が艶めかしい目をこちらに向ける。

まさか、恋人が４Ｐの提案に心を動かされているとは思わなかったらしく、彩香が確認するような目を向けてきた。

それに対し、大貴は「そんなこと思っていない」と嘘をつけず、思わず視線を左下にそらしてしまう。

その行動だけで、三歳上の幼馴染みには本心が伝わったようである。

「ぐぬぬ……わ、分かりました！　こうなったら、４Ｐでもなんでもやって、大ちゃんの一番があたしだって証明してあげますから！」

「そうこなくちゃ。ふふっ、面白いことになりそうね？」

彩香のヤケクソ気味の言葉に対し、結美がなんとも妖艶な笑みを浮かべて言う。

どうも、十歳上の町内会長にいいように誘導された気もするが、大貴は４Ｐという初めての行為に期待で胸がふくらむのを禁じ得なかった。

4

「んじゅ、んじゅ、んむ……」

「チロ、チロ……レロロ……」

「んふっ、んっ、んっ……」

佳蓮と大貴の舌が絡み合う音と、彩香が舌を動かす音、そして結美の艶めかしい声が、電気を消した研修室に響く。

（くうっ！　こ、これはすごすぎる！）

素っ裸になった大貴は、同じく全裸の副会長に口を塞がれているため声を出せず、心の中でそんな呻き声をあげていた。

今、畳に仰向けになった大貴は、唇を佳蓮に奪われ、乳首は彩香に舐められ、分身には結美のパイズリを受けていた。この三点からの快感は、言葉にならないレベルで強烈で、脳の奥が灼けて頭がおかしくなりそうである。

三人の美女は、あのあともすったもんだはあったものの、ローテーションで大貴の口と乳首とペニスに奉仕をすることにした。

最初に陰茎の担当となった佳蓮は、素直にフェラチオをしたのだが、バストに自信がある爆乳町内会長はパイズリを選んだのである。先に、副会長の唾液がまぶされていたこともあり、彼女の動きはスムーズそのもので、一物からは心地よさだけがもたらされる。

(やっぱり、結美さんのオッパイでのパイズリは、彩香さんのとはなんか違う感じがして……)

もちろん、甲乙はつけがたいのだが、圧倒的なボリュームがあって柔らかな乳房に分身を包まれ、さらにしごかれる感覚は独特に思えてならない。

「んっ……んじゅる、んぶる……」

大貴が、下半身からの快感に浸りかけた途端、佳蓮の舌使いが激しくなった。それはまるで、キスをしている自分を忘れるな、とアピールしているかのようである。

(ちょっと控えめな、あの佳蓮さんが、こんなに熱心に……)

そう思うと、胸が熱くなってくるのを禁じ得ない。

ただ、おそらく行為をしながらも、彼女は頭の中で小説に活《い》かすための何かしらの分析、あるいは文章構成を行なっていることだろう。

この経験が作品に反映されるのだとしたら、嬉しいような気恥ずかしいような複雑な気分になってしまう。

「んっ。大ちゃん、乳首も気持ちいいでしょ？　レロ、レロ……」

彩香がそう言って、いっそう熱心に乳頭を舐め回す。すると、そこからも性電気がもたらされた。

(くうっ。女の人の乳首が感じるのは、分かっていたけど……男でも、乳首を舐められると意外に気持ちよくなるんだな)

もちろん、その心地よさはもどかしいものではあった。それでも、思いがけない快感に新鮮な驚きを覚えずにはいられない。

とはいえ、口でもペニスでもない部位への愛撫に、幼馴染みが若干の不満を抱いているのも、行為からなんとなく伝わってくる。

そのとき、スマートフォンのアラームが鳴った。

「ふはっ。時間だから、交代ですよ。今度は、あたしが大ちゃんのチン×ンにする番ですから！」

アラーム音を聞くなり、彩香が乳首から口を離して、少し苛立った様子で言う。

「んふう……あとちょっとだったのにぃ。まぁ、約束だし、仕方がないわねぇ」

「ぷはあっ。ふああ……それじゃあ、わたしが乳首ですねぇ？」

結美がバストからペニスを解放し、佳蓮も唇を離して口々にそう応じた。

（ふはあっ。息が苦しくなっていたから、これで一息つける）

大貴が安堵している間に、三人はそれぞれの位置を入れ替えていた。

「大ちゃんのチン×ン、先っぽから先走りが……もうすぐ、イキそうなんだ？　じゃあ、あたしが出させてあげるぅ。レロ、レロ……」

陰茎の先端を見つめた彩香が、そんなことを口にしてからすぐに亀頭に舌を這わせだす。

「くうっ、それっ！　ううっ」

幼馴染みの不意打ちに近い行為に、大貴は思わず声を漏らしていた。

もちろん、テクニックでは二人の人妻にまだまだ及ばないが、熱心な奉仕は技術の稚拙さを補ってあまりある。

「それでは、わたしは乳首を。チロ、チロ……」

と、佳蓮が突起を遠慮がちに舐めだす。

ただ、その舌使いがむしろ乳首をいい具合に刺激して、結美と彩香とは異なる心地よさが生じている気がしてならない。

「ふふっ。二人とも、熱心にしちゃって。さて、じゃあ、わたしは……」

爆乳町内会長は、妖しい笑みを浮かべながらそう言うと、頭にまたがってきた。

いきなり、うっすらと蜜をしたためた女性器が眼前に広がり、大貴が「えっ!?」と驚きの声をあげるのと、秘裂が口に押しつけられるのはほぼ同時だった。

「んはあっ。さあ、大貴？　わたしのオマ×コ、早く舐めてぇ」

と、この中で最も年上の彼女が求める。

「ふはっ。ああっ、結美さん、ズルイ！」

「あんっ。キスって約束だったじゃないですかぁ」

すると、奉仕をやめた彩香と佳蓮が、抗議の声をあげるのが聞こえてきた。

「あら？　わたしは、オマ×コにキスをしてもらっているのよ？　キスが唇同士だけなのよ」

なんて、言っていなかったと思うけど？　それに、こういうのは思いついたもの勝ちしてやったり、という結美の声が、大貴の耳にも届く。爆乳が邪魔になって、こちらから表情を窺《うかが》うことはできなかったが、おそらく彼女はいわゆるドヤ顔をしているに違いあるまい。

一方の彩香と佳蓮は、「ぐぬぬ……」と悔しそうな声を漏らしつつ、反論の言葉を口にできずにいるようだった。それだけでも、どんな表情をしているのかは容易に想像がつく。

「それじゃあ、大貴？　舌を動かしてちょうだぁい」

爆乳町内会長に促されて、逆らう余地のない大貴は素直に秘部を舐めだした。

「ピチャ、ピチャ……ンロ、ンロ……」

「ああーっ！　それっ、ふあっ、いいわぁ！　あんっ、はああっ……！」

舌の動きに合わせて、たちまち結美が艶めかしい声をあげだす。

「もうっ。こっちも、負けないんだからっ。あむっ。んんっ、んむ、んむ……」

と、幼馴染みが一物を咥え込んでストロークを行ないだす。

「あんっ。わたしもぉ。レロ、レロ……」

人妻官能小説家も、そう言って乳首舐めを再開した。

しかし、二人とも結美への対抗心からか、奉仕によりいっそう熱がこもっている。

（くうっ！　き、気持ちよすぎ！）

胸とペニスから、想像以上の性電気がもたらされて、大貴は心の中で呻き声をこぼしていた。そのせいもあって、舌の動きが自然に乱れてしまう。

「はああんっ！　それっ、あんっ、いいのぉ！　あんっ、あんっ……！」

爆乳町内会長が、自分の大きなバストを揉みながら、ますます甲高い喘ぎ声を研修室内に響かせる。

それに合わせて、秘部から溢れる蜜の量が増してきた。また、心なしか粘度も上がって味も変化してきた気がする。

感覚的な感想でしかないのだが、それでも間もなく結美が絶頂を迎えそうなのは想像がつく。

（もっとも、こっちもそろそろヤバイけど）

大貴は、そんな焦《あせ》りにも似た気持ちを抱いていた。

乳首と一物から快感がもたらされつつ、自身が爆乳美女にクンニリングスをしている、という状況は、牡の本能を著しく刺激している。おかげで、射精へのカウントダウンがもはや止められない状態である。

「んぐ、んむ……ふはっ。大ちゃんのチン×ン、ヒクヒクしてぇ。もうすぐ、出そうなんだぁ？」

「チロロ……んはあ。それじゃあ、最後はわたしたち二人で、オチ×チンに……ねっ、彩香さん？」

彩香の指摘に、佳蓮がそんなことを言う。

そうしてすぐに、爆乳町内会長に遮られて見えないものの、副会長が位置を変える気配が感じられた。

それから、二枚の舌が亀頭に這い始める。

「ンロ、ンロ……レロ、レロ……」

「ピチャ、ピチャ、チロ、ンロ……」

佳蓮と彩香は、音を立てながら熱心に舌を動かす。

（くおっ！　こ、これは……ダブルフェラは、反則だよ！）

衝撃的とも言える快感がペニスからもたらされて、大貴は心の中でそんなことを思っていた。

一本の肉棒に二枚の舌が這い回る感触は、一枚だけのときとは別物の心地よさである。結美に遮られて、ダブルフェラをしている二人の姿を確認できないのは残念だが、どういう表情で行為を行なっているのかを想像するのは容易い。

それだけに、興奮が高まるのと同時に舌の動きに集中しきれず、ついつい荒々しい舌使いになってしまう。

「はああっ、大貴の舌ぁ！　あんっ、そこはっ、ひゃうっ、わたしもぉ！　ああっ、もうっ、んああっ、イッちゃうぅぅ！」

と、爆乳町内会長も切羽詰まった声をあげる。

そのため、大貴はとどめとばかりに彼女の秘裂に舌をねじ込み、グリグリと乱暴に動かした。

「じゅぶ、レロ……」

「ひあああっ！　それっ、ああっ、されたらぁぁ！　あああっ、イクううぅぅ！　ふあああああぁぁぁぁぁ!!」

たちまち絶頂に達した結美が、研修室に甲高い声を響かせる。ほぼ同時に、噴き出した蜜が口元を濡らす。

そこで限界を迎えた大貴も、スペルマを発射していた。

「ひゃううんっ！　大ちゃんの、顔にぃぃ！」

「ああーんっ！　濃いミルク、いっぱい出ましたぁ！」

彩香と佳蓮の、悦びに満ちたそんな声が大貴の耳に届く。

二人とも、顔に白濁液のシャワーを浴びたらしい。

その姿に想像を巡らせると、昂りがまるで収まることなく挿入への欲求がたぎってくるのを、大貴は抑えられずにいた。

5

「さて、それじゃあ最初は、わたしからよぉ」

大貴が口の周りの愛液をティッシュで拭い終えるなり、結美がそう言って濡れた目を向けて四つん這いになる。

それだけで、彼女が何を求めているかを察した大貴は、本能のままにそちらへと向かった。

そして、爆乳町内会長の腰を片手で摑むと、もう片方の手で硬度がまったく衰えていない分身の角度を調整して秘裂にあてがい、もはや躊躇の気持ちもなく腰に力を入れて挿入する。

「はああんっ！　これよぉ！　太くてたくましいチン×ン、入ってきたぁぁ！」

結美が悦びの声をあげて、ペニスを受け入れる。

そうして奥まで挿れ終えると、大貴は改めて彼女の腰を両手で掴み、すぐに抽送を開始した。

「あんっ、あんっ、いいぃぃぃ！　はうっ、奥っ、ああっ、ノックされっ……ひゃうっ、あんっ、はううっ……！」

爆乳町内会長が、ピストン運動に合わせて甲高い声で喘ぎだす。

「ああ……結美さん、気持ちよさそう。羨ましい」

彩香の、そんな声が横から聞こえてくる。

チラッと目を向けてみると、彼女は少し悔しそうにしながらも、こちらを熱っぽい目で見つめていた。４Ｐを受け入れた時点で、こうなるのは覚悟していたものの割り切れない思いがあり、それと同時に興奮もしている、という複雑な心境が表情から窺える。

「他人のエッチを生で見るのって、こういう感じなんですねぇ。アダルト動画なんかを見るよりも、すごく生々しくて、なんだかドキドキしちゃいますぅ」

幼馴染みの隣にいる佳蓮は、そんなことを口にしつつ、真剣な眼差しで大貴と結美を見つめていた。

おそらく、いや間違いなく小説に活かすことを考えているのだろう。

(結美さんとのセックスを、彩香さんだけでなく佳蓮さんにも見られている……)

そのことを改めて意識すると、背徳感と同時に奇妙な高揚感も覚えてしまい、大貴は我知らず腰の動きをより激しくしていた。

「あっ、あんっ！　あんっ、それぇ！　はううっ、きゃふっ、ああんっ、ふああっ、ひううっ……！」

結美が背を反らし、髪を振り乱しながら動物のように喘ぐ。

「はぁ、次はわたしの番ですけど……先に、ちょっとしてもらったほうがいいかもしれませんねぇ」

行為を見守っていた人妻官能小説家が、不意にそう口にすると、町内会長の横に来て四つん這いになった。

「大貴さぁん、指で、わたしのオマ×コも弄ってくださぁい」

と、美人副会長が甘い声でおねだりしてくる。

少し前までなら、彼女がこんなことを求めてくるなどあり得なかっただろう。その意味では、心の成長が感じられる。

そこで、大貴がいったん抽送をやめて佳蓮の秘部に目をやると、なるほど確かにうっすらと湿り気を帯びているものの、一物を迎え入れるには明らかに不充分な状態だと分かる。結美のあとに、前戯なしで続けて挿れるのであれば、今の段階でしっかり濡らす必要があるのは間違いない。

そう判断した大貴は、彼女の秘部に指をズブリと差し入れた。それだけで、人妻官能小説家が「ああんっ！」と甘い声をあげる。

指を挿入し終えると、大貴はピストン運動を再開した。

「ひうっ、あんっ、あんっ、佳蓮がぁ！　ああっ、隣でっ、はうっ、これっ、あんっ、ひゃうっ、はあっ……！」

「ああっ、指がぁ！　あうっ、中でっ、はああっ、感じますぅ！　あんっ、ああっ、きゃふうっ……！」

たちまち、二人の人妻の喘ぎ声がハーモニーとなって研修室に響きだす。

それが、なんとも耳に心地よく聞こえ、興奮を煽ってやまない。

「もう。あたしだけ仲間外れみたいで……あっ、そうだ」

ふくれっ面《つら》になった彩香だったが、すぐに何やら思いついたらしく、結美の隣に移動した。

抽送を続けつつ、恋人が何をする気かと見守っていると、彼女は町内会長の爆乳を鷲掴みにした。

「へえ、これが結美さんのオッパイ……あたしのより、本当に柔らかいなぁ」

そんなことを口にした彩香が、豊満なふくらみをグニグニと揉みしだきだす。

「ひゃうっ！　ちょっと、それっ……はあんっ！　やんっ、きゃふうっ……！」

さすがに、結美が困惑したような甲高い声をあげた。

しかし、それに合わせて膣肉が締まり、ペニスへの快感が増す。

（うおっ。これは、すごっ……）

「ひゃうんっ！　ああっ、わたしまでぇ！　んはっ、ああっ……！」

膣の締めつけに大貴が驚き、ピストン運動が乱れると、同時に指の動きも乱れてしまって、佳蓮までが素っ頓狂な喘ぎ声をこぼしだす。

（くうっ。もう、イキそうだ！）

一物からの快感が増して、大貴は自身の限界が訪れそうなことを自覚していた。

とにかく、彩香以外の相手とセックスをしているだけでなく、恋人がその女性の胸を愛撫しているのだ。おまけに、別の女性の膣にも指を挿入して、同時に喘がせている。

このような状況では、予想よりも早く射精感が生じるのも、仕方がないのではないだろうか？

「あっ、あっ、わたしぃ！　あうっ、もうっ、イクッ！　はあっ、ああっ、イクわぁあ！　はあああああぁぁぁぁぁぁぁん!!」

先に結美が、大きくのけ反りながら絶頂の声を研修室に響かせた。

それと共に膣肉が収縮し、ペニスに甘美な刺激がもたらされる。

そこで限界に達した大貴は、「くうっ！」と呻くなり動きを止め、彼女の中にスペルマを注ぎ込んでいた。

「はああ……出たぁぁ……中に、いっぱぁい……」

爆乳町内会長が、恍惚とした表情を浮かべ、身体を震わせながらそんなことを口にする。

彩香が胸から手を離すと、結美はそのまま畳にバッタリと突っ伏した。

「ああ、結美さん、思い切りイッたんですねぇ？　羨ましいですぅ」

横の佳蓮が、そう言いつつ熱のこもった目で友人を見つめる。

彼女の秘部からは、既に充分な蜜が溢れ出しており、内股に幾重《いくえ》もの筋を作っていた。エクスタシーにこそ達さなかったものの、もう準備が万端に整ったのは間違いあるまい。

大貴が指と一物を同時に抜くと、爆乳町内会長の股間から掻き出された白濁液が、ボタボタと畳にこぼれ落ちる。

「んはあ。大貴さぁん、次はわたしの番ですよぉ。今回は、また騎乗位でお願いしますぅ」

人妻官能小説家が、切なそうな声でそんなリクエストを口にした。やはり彼女は、夫とはできない体位を経験したがっているらしい。

もっとも、立て続けに二度も射精したため、大貴は腰にやや疲れを感じていた。ここで女性上位の体位に移行するのは、好都合と言っていいだろう。

「分かりました。それじゃあ……」

と、大貴が畳に仰向けになると、佳蓮がすぐにまたがってきて、精液と友人の愛液にまみれた一物をウットリした表情で見つめる。

「ああ、これぇ……このオチ×チン、欲しくてたまらなかったんですぅ。夫以外の人のオチ×チンなのに、身体が疼いて我慢できませぇん」

そんなことを口にしつつ、彼女はためらう素振りも見せずに肉棒を握った。そして、自身の秘裂と位置を合わせると腰を下ろし始める。

「んはああっ！　入ってきましたぁぁ！」
悦びの声をあげながら、美人副会長は挿入を続け、間もなく二人の腰がぶつかって
その動きが止まった。
「はああっ、子宮までぇ！　ひううううぅぅぅん！」
たちまち、佳蓮が甲高い声をあげながらおとがいを反らし、全身を強張らせた。
しかし、すぐにその身体から力が抜けて、前のめりになって大貴の腹に手をつく。
「んはああ……また、挿れただけで軽くイッちゃいましたぁ。でもぉ、まだ足りない
ですぅ。もっと、大貴さんのオチ×チンを味わいたくてぇ。んっ、んっ……」
と、彼女が上下動を開始する。
「はっ、あっ、ああっ！　これっ、あんっ、このっ、はうっ、オチ×チンッ、やっぱ
りっ、あううっ、いいですぅ！　あんっ、あんっ……！」
やや内向的だった町内会副会長が、今は夢中になって自ら腰を振り、快感を貪って
いる。その姿が、なんともエロティックに見えてならない。
大貴が、そんなことを思いながら見とれていると、不意に顔の上に彩香が佳蓮と向
かい合うようにまたがってきた。当然、そうすると彼女の秘部が眼前に広がる。
幼馴染みのそこは、うっすらと湿っていたが、まだ濡れ方としては控えめと言って

いい感じだ。

「大ちゃん、あたしのオ……オマ×コも、さっきの結美さんみたいに舐めて」

恥ずかしそうにそう言うと、彩香が腰を下ろして自身の秘裂を口に押しつけてきた。

すると、視界が彼女のヒップでほぼ遮られてしまう。

（うっぷ。これは……結美さんへの対抗心みたいなのもあるのかもしれないけど、僕が佳蓮さんに見とれていたことに嫉妬したのかな？）

幼馴染みの性格を考えると、おそらくこの予想は間違っていまい。

暗がりとはいえ、既に目が慣れたので顔色以外は姿がはっきりと見えている。大貴がそうなのだから、当然の如く彩香も同様で、恋人がどこを見ているかを察したのに違いあるまい。

そう悟ると、彼女のことも感じさせてあげなくては、という使命感にも似た思いが込み上げてくる。そこで大貴は、腰を摑んで舌を割れ目に這わせだした。

「あんっ、それぇ！　はうっ、舌っ、あんっ、いいよぉ！　あっ、はうっ……！」

「ああっ、オチ×チン、中で跳ねてぇ！　んっ、はっ、あんっ……！」

彩香と佳蓮の艶めかしい声が、大貴の耳に届く。

（この体勢だと、二人の顔が見えないのが、ちょっと残念だな）

大貴が、美女たちの喘ぎ声を聞きながら、舌を動かして漠然とそんなことを考えていると、不意に人妻小説家が「ふやんっ！」と素っ頓狂な声をあげて動きを止めた。

しかし、大貴からは姿が見えないため、何が起きたのか理解できない。

「結美さん？　いったい、何を？」

「わたしも、手伝ってあげようと思ってね。ほら、佳蓮、ちゃんと動いて」

「んあっ、ちょっ……やんっ、オッパイ、そんなふうに揉まれたらぁ！　ひうっ、あんっ……！」

と言うやり取りのあと、佳蓮が自らの抽送を再開した。しかし、その動きは大きく乱れている。

どうやら、結美が副会長のバストを揉みしだきだしたらしい。

（くうっ。動きが不安定になって、しかもオッパイを揉まれているからか、オマ×コのうねりが大きくなって、チ×ポに気持ちよさが……）

ペニスへの刺激が増すと、大貴の舌の動きも自然に不規則になってしまう。

「ふやっ、舌がぁ！　ああっ、大ちゃんっ、あううっ、これっ、んはあっ、すごくいいよぉ！　あんっ、きゃううっ……！」

「ひううっ、オッパイッ、あんっ、オマ×コッ、ひゃうっ、こんなっ……ああっ、おかしくっ、きゃふっ、なりゅぅ！　あっ、ひゃんっ、あんっ……！」

彩香と佳蓮の喘ぎ声のハーモニーが、大貴の耳に心地よく響く。

（ううっ。結美さんとしながら、佳蓮さんのオマ×コを指で弄っていたのもすごかったけど、これもまたとんでもないことをしている気がする）

快感で朦朧とした頭に、そんな思いがふとよぎる。

何しろ、人妻官能小説家とセックスをしながら、恋人の秘裂に舌で奉仕をしているのだ。おまけに、姿を見ることはできないものの、爆乳町内会長が佳蓮の乳房を揉んでいるらしい。

既に二度、射精しているためかろうじて耐えられているが、そうでなかったらこの快感を得ながら光景を想像した時点で、あえなく暴発していた気がしてならない。

すると、不意に結合部に指が這った。

「ひあぁんっ！　結美さん、そこ、触ったらぁ！」

と、佳蓮が素っ頓狂な声をあげる。

どうやら、触れたのは爆乳町内会長の指だったようである。

「繋がったままクリトリスを弄ると、すごく気持ちいいらしいわよぉ。ほら、どうかしらぁ？」

そんな声と共に、結美の指が動きだす。

「ひあっ、ああーっ！　これっ、ひゃんっ、すぐにっ、あひいっ、イッちゃいますぅ！　ひうっ、やんっ、あんっ、あぁっ……！」

たちまち、美人副会長が腰を振りながら切羽詰まった声をあげ始めた。同時に、膣肉が強く締まり、腰の動きに合わせてペニスに強烈な快感を送り込んでくる。

（くうっ。こっちも、そろそろ出そうだ！）

そう察した大貴は、幼馴染みの秘裂の奥に舌をねじ込み、ピチャピチャと音を立てて媚肉を乱暴に舐め回した。

「ひあんっ！　それっ、ああっ、あたしもぉ！　ひゃんっ、イッちゃうぅぅ！　あひっ、あっ、あっ……！」

と、彩香も切羽詰まった声をあげる。それと共に、愛液の量も一気に増す。

二人の喘ぎ声のハーモニーで、大貴の興奮もたちまち限界に達した。

（ううっ、出る！）

心の中で呻くなり、大貴は副会長の中にスペルマを放っていた。

「はああっ、中に出て……はあああああぁぁぁぁぁん!!」

射精の途端、佳蓮が甲高い声を室内に響かせる。同時に身体を硬直させたのが、ペニスから伝わってきた。

「きゃふうっ！　あたしもぉ！　はうううぅぅぅん!!」

彩香も、絶頂の声をあげて全身を強張らせる。それと共に、膣から大量の蜜が溢れて大貴の口元を濡らす。

「んあああ……三回目なのに、お腹の中がいっぱぁい。大貴さんのオチ×チン、やっぱりすごすぎですぅ……」

虚脱すると、佳蓮がそんなことを口にした。その声から、彼女が満足しきったことが伝わってくる。

「ほら、佳蓮？　最後は彩香の番なんだから、早くどいてあげなきゃ」

結美のそんな声と共に、ペニスが膣から抜けていくのが感じられた。おそらく、彼女が副会長の腰を持ち上げるのを手伝っているのだろう。

「んはあ、軽くイッちゃってぇ……大ちゃんのチン×ン、早く欲しいよぉ」

そう言って、彩香もようやく顔の上からどいてくれる。

身体を起こして見てみると、人妻官能小説家は畳に突っ伏して荒い息を吐いていた。

その隣では、妖しい笑みを浮かべた結美が、こちらを見つめている。

そして彩香は、大貴と入れ替わるように身体を畳に横たえた。

「大ちゃん？　あたしには、正面からお願ぁい」

(やっぱり、彩香さんは正常位が好きなんだな)

そんなことを思うと、新たな興奮と愛おしさが込み上げてくる。

正直なところ、立て続けの射精で腰に辛さを感じていた。しかし、勃起の硬度はまだ保てているので、あと一回はどうにか頑張れるだろう。

そう判断した大貴は、幼馴染みの脚の間に入り、濡れそぼった秘裂に分身をあてがった。そして、腰に力を込めて一気に挿入する。

「んはああっ！　入ってきたぁ！　大ちゃんのチン×ン、やっと来たよぉぉ！」

悦びの声をあげて、彼女が肉棒を受け入れる。

そうして奥まで到達すると、大貴はすぐに腰を摑んでピストン運動を始めた。

「あっ、あんっ、あんっ、いいよぉ！　あぁっ、これっ、あんっ、大ちゃんっ、はうっ、あたしのぉ！　はうっ、ああっ……！」

たちまち、彩香が嬉しそうに喘ぎながら、そんなことを口にした。

自身が４Ｐを了承したとはいえ、恋人が他の女性と先にするのを見ていた悔しさのようなものが、彼女の言葉の端々から伝わってくる。

ただ、それが大貴には嬉しく思えて、もっとこの愛おしい幼馴染みを感じさせたい、という気持ちが強まる。

「彩香、とっても気持ちよさそうで……ふふっ。さっきのお返しに、わたしが手伝ってあげる」

そんな声がして、結美が彼女の傍らにやって来た。

「んはあ。わたしもぉ、お手伝いしますぅ」

と、佳蓮もノロノロと身体を起こし、彩香を挟んで爆乳町内会長の対面に陣取る。

「それじゃあ、二人で彩香のオッパイにしてあげましょうか？」

そう言うなり、結美は彩香が何か言うよりも早く乳房を揉みしだきだす。

さらに、佳蓮は身体を起こしているのが辛いのか、反対の乳首にしゃぶりついた。

「ひああんっ！　ああっ、こんな……はううっ、あんっ、ダメぇ！　ひゃうっ、こんなのっ、あひぃっ、すぐにっ、ひゃうっ、イッちゃうよぉ！　ああっ、きゃうんっ、はううっ……！」

たちまち、幼馴染みが切羽詰まった声を研修室に響かせた。もともと焦らされていたぶん、身体が敏感になっていたのかもしれない。

だが、大貴のほうは既に三度も射精したあとなので、まだ余裕がある。このままでは、彩香だけが先に達することになるだろう。

（どうしよう？　できれば、彩香さんとも一緒にイキたいんだけど……）

大貴が、動きを弱めつつ迷っていると、爆乳町内会長が愛撫の手を止めてこちらを見た。どうやら、大貴の迷いを見抜いたらしい。

「仕方ないわね。彩香への愛撫は佳蓮に任せて、わたしは大貴のほうを手伝ってあげるわ」

そう言うと、結美が背後に回り込んできた。そして、大きな胸を背中に押しつけつつ、抽送中の結合部に指を這わせる。しかし、今度はクリトリスではなく竿を擦るように弄りだす。

「くうっ。そ、それは……！」

大貴は、思わず動きを止めて上擦《うわず》った声をあげていた。

「あんっ。駄目よ、大貴。ちゃんと動き続けないと。ほら、早く動いて」

爆乳町内会長にそう注意されて、半ば無意識にピストン運動を再開する。

すると案の定、彼女の指で竿が擦られるような格好になり、膣とは異なる心地よさが新たにもたらされた。

背中の感触はもちろんだが、ペニスからの刺激が牡の本能を著《いちじる》しく刺激する。

おかげで大貴は、ただ快楽を貪りたい一心で、夢中になって腰を振っていた。

「はううっ！　あんっ、あんっ、ひゃうっ！　あっ、あんっ……！」

彩香のほうも、子宮を突かれるだけでなく乳首まで刺激されて、もはや言葉を発する余裕をなくしたらしく、切羽詰まった声でひたすら喘ぎ続けている。

間もなく、彼女の中が収縮を始めたのが感じられるようになった。どうやら、そろそろ限界らしい。

（くうっ。こっちも、もうヤバイ！）

大貴は、急激に射精感が込み上げてくるのを抑えられずにいた。

背中に爆乳を押しつけられた感触はもちろんだが、恋人とのセックスの気持ちよさに結美の指による刺激が加わったことにより、昂りが一気に増大していく。

「ううっ。彩香さん、このまま中に出していい？」

「はああっ、ちょうだい！　あんっ、大ちゃんのっ、はうっ、出来たて精子ぃ！　あっ、中にぃ！　んああっ、あたしもっ、はうんっ、イクッ、ああっ、もうイクッ、あっ、あっ……！」

こちらの訴えに、幼馴染みも切羽詰まった声で応じる。

そこで腰の動きを速めると、たちまち限界が訪れて、大貴は「くうっ」と呻くなりスペルマを放っていた。

「ああーっ！　中に熱いのがぁ！　あたしもっ……イクうううううぅぅぅぅ!!」

射精を感じた途端、彩香も絶頂の声を研修室に響かせる。

そんな彼女の中に、大貴は出来たての精を一滴残らず注ぎ続けるのだった。

エピローグ

　十二月に入ると、T市は最高気温が十度をかろうじて越える程度で、最低気温は五度前後ということも珍しくなくなる。そうして冷え込みが厳しくなってくるにつれて、冬の気配が強まり、同時にクリスマスムードも高まってくる。

　そんなある土曜日の夜、大貴たち町内会の三人と彩香は閉館後の地域センターの研修室に集まっていた。

　そうしてやっているのは、人形劇の練習である。

　ちょうど二週間後の土曜日に、町内会主催のこどもクリスマス会がある。例年は、クリスマスソングを歌ったりして、町内会からお菓子の詰め合わせのプレゼントをあげる程度だったが、今年は役員が刷新されたのだから何か違うことをしよう、という話になり、クリスマスにちなんだ人形劇を披露することにしたのだ。

　もちろん、今は町内会の役員が三人しかいないため、できる内容は限られている。

それでも、人形劇ならば一人で二体か三体の人形を扱えば、それなりの数のキャラクターを出せる。それに、舞台装置も大がかりなものは必要ないはずだ。

そう考えたのである。

しかし、一人でいくつもの役をこなすことは、台詞《せりふ》を覚えたりするのも含めてなかなかに難儀だった。また、役員三人が人形にかかりきりになると、ＢＧＭや効果音などを流す担当がいなくなってしまう。

そうして頭を悩ませていたところ、彩香が音響担当のボランティアに名乗りをあげてくれた。当然、地域センターの仕事が優先ではあるが、彼女が手伝ってくれるおかげでできることが大幅に増え、練習もはかどるようになった。しかも職員がいるとなれば、所定の時間をオーバーしても鍵の管理の心配がない。

そうした意味では、幼馴染みのボランティアはとてもありがたかったと言える。

だが、前に４Ｐを繰り広げた面々が、他に誰もいない地域センターで勢揃いしているとなれば……。

「んっ。レロ、レロ……」

「ピチャ、ピチャ、レロロ……」

「んふ。チロ、チロ……」

「くうっ！　さ、三人とも……はううっ！」

練習が終わった研修室に、熱心に何かを舐め回す三人の吐息のような声と、大貴の喘ぎ声が響く。

今、下半身を露わにしてパイプ椅子に腰かけた大貴の足元では、結美と彩香と佳蓮が跪いており、各々がペニスを競うように舐めていた。

そうして、三枚の舌によってもたらされる快感にひたすら翻弄され、大貴は呻き声をあげることしかできずにいた。

(ううっ。このところ、練習のあとこうなっちゃうのが当たり前になってきたけど、三人がかりでチ×ポを舐められるのは、何度されても慣れないいな)

そんな思いが、朦朧とした脳裏によぎる。

何しろ、一本の肉棒から三点の刺激が送り込まれてくるのだ。しかも、それぞれに舌使いが違うため、脳にもたらされる心地よさも異なるように感じられる。

「レロ、レロ……ふふっ。大貴、気持ちよさそう。もっと、よくしてあげるわねぇ。チロロ……」

と、結美がいっそう熱心に舌を這わせてくる。

爆乳町内会長は、性的な欲求不満が解消されたこともあり、己の職務にいっそう熱心に取り組むようになっていた。もっとも、大貴がいるから町内会のことをより頑張っている、という面もあるらしい。

とはいえ、夫婦関係の今後については、彼女も大貴を巻き込むつもりはないとのことなので、あまり気にしても仕方があるまい。

「んはっ。大貴さぁん。もっと感じてくださぁい。チロロ、ピチャ……」

佳蓮も、そんなことを口にして、舌の動きをさらに激しくする。

官能小説家の副会長は、なんでも新しい小説のプロットまでＯＫが出て、本文に取りかかれることになったらしい。

どんな内容かは、さすがに教えてもらえていなかったが、断片的に聞いた話を総合すると、どうやら実体験をベースにした町内会物のようである。そのせいか、彼女は４Ｐも「取材」と称して積極的にするようになっていた。

そのおかげもあるのか、最近は日常生活にも積極性が出てきたらしい。これは、いい変化と言えるだろう。

当然の如く、結美と佳蓮とも一対一での関係は継続中である。

「んはっ。大ちゃんの一番は、あたしなんだからっ。大ちゃん、もっといっぱい、気持ちよくなってね。ピチャ、ピチャ……」

彩香も、そんなことを口にして、ますます舌使いに熱を込める。

彼女は、既に町内会長と副会長との関係を完全に受け入れつつも、大貴の心を二人に奪われまいと、性行為にとても熱心に取り組むようになっていた。

それに、最近は休日に自宅へ来て料理を作るなど、通い妻的なこともしてくれている。もちろん、そのときは食事の前やあとで、ひたすら情事に耽っているわけだが。

おかげで、彼女が来ている日はシステムエンジニアの仕事が、まるっきり手につかなくなった。そのため、大貴も今ではスケジュールに恋人の休日を加えて調整している。もっとも、彩香と過ごす時間は自身にとっても幸せなので、文句を言うつもりはない。

ただ、二人でするのと4Pをするのとは、「性行為」という枠では変わらないものの、まったくの別物に思えてならなかった。

喩《たと》えるなら、恋人と二人きりで食事に行くのと豪華なパーティーに出かけるような違い、とでも言えるだろうか？

とにかく、4Pには単独のセックスとは異なるよさがあるため、大貴は彼女たちから求められると拒めないのだ。

おそらく、彩香も同じことを思っているのか、もはや4Pを拒もうとしなかった。

むしろ、積極的にしてくるようになっている。

ボランティアを申し出たのも、恋人を手伝いたいというのはもちろんあろうが、練習後の４Ｐが目当てなのも間違いあるまい。

（まったく、いつもこんなことをしていて、本当にいいのかな？）

そう思いながらも、大貴は三枚の舌によってペニスからもたらされる圧倒的な心地よさに浸り、込み上げてきた射精感に身を委ねるのだった。

（了）

※本作品はフィクションです。作品内に登場する
団体、人物、地域等は実在のものとは関係ありません。

艶《なま》めき町内会《ちょうないかい》
〈書き下ろし長編官能小説〉
2022 年 11 月 14 日初版第一刷発行

著者 ……………………………………………河里一伸
デザイン ………………………………………小林厚二
発行人 …………………………………………後藤明信
発行所 ……………………………………株式会社竹書房
〒 102-0075 東京都千代田区三番町 8-1
三番町東急ビル 6 階
email: info@takeshobo.co.jp
竹書房ホームページ http://www.takeshobo.co.jp
印刷所…………………………………中央精版印刷株式会社

定価はカバーに表示してあります。
落丁・乱丁があった場合は、furyo@takeshobo.co.jp までメールにてお問い合わせください。